1

Lalia Darrencourt contemplait la longue allée bordée d'arbres. Elle s'écarta soudain de la fenêtre, l'air soucieux, et se tourna vers sa tante.

– Je ne comprends pas pourquoi nous sommes sans nouvelles de papa depuis si longtemps. Il ne nous a pas écrit depuis deux mois.

Miss Flora interrompit un instant sa broderie et répliqua :

– Sa dernière lettre date de février, n'est-ce pas?

– Oui, et nous voilà en avril. Il comptait rentrer cette semaine. Pourquoi ne nous a-t-il pas précisé la date de son retour? Peut-être a-t-il décidé de prolonger son séjour en Espagne?

– Je ne le pense pas, ma chère. Votre père était bien décidé à revenir dès que sa santé le lui permettrait. Il ne veut pas être absent pendant qu'on prépare votre mariage. Dites-moi, ce jaune ne jure-t-il pas un peu avec ce rose?

Traversant la pièce, Lalia rejoignit sa tante et se pencha pour examiner le coussin sur lequel elle avait déjà exécuté plusieurs jolies fleurs.

– Vous devriez mettre du vert, une feuille par exemple, afin de séparer les deux couleurs, proposa-t-elle. L'effet serait meilleur à mon avis.

Elle repartit ensuite vers la fenêtre et joua pensivement

avec la lourde frange en soie des rideaux. Le soleil printanier auréolait de lumière sa silhouette élancée et sa chevelure aux boucles blondes.

– Je ne m'explique pas le silence de papa, murmura-t-elle encore.

– Une lettre a pu se perdre, suggéra Miss Flora. Les postes étrangères ne m'inspirent aucune confiance. Cessez de vous tourmenter, ma chère enfant, je vous en conjure. Votre père ne va pas tarder à rentrer et j'ai déjà donné des ordres à Mme Grant pour que sa chambre soit prête.

Elle éleva tout à coup la main, commandant le silence, et s'écria :

– Entendez-vous? Des cavaliers!

– C'est Alvin! Quelqu'un l'accompagne, annonça Lalia en écartant les voilages.

– Cher Alvin! lança Miss Flora sur un ton attendri. Il arrive à point pour vous distraire. Dire que vous vous connaissez depuis l'enfance, que vous habitez des domaines voisins et que vous vous aimez! C'est un conte de fées! Cette union comblera les plus chers désirs de votre père et de Mme Prior.

La porte s'ouvrit et un valet s'inclina :

– M. Prior et M. Brookford.

Souriante, Lalia s'avança à la rencontre des visiteurs.

– Je suis heureuse de vous voir Alvin. Je suis très inquiète de n'avoir aucune nouvelle de mon père.

– Sir Ashley est probablement trop occupé à profiter du soleil espagnol pour écrire! affirma Alvin avec un humour apaisant.

Il déposa un baiser sur le front de sa fiancée et ajouta :

– Miss Flora, je viens aujourd'hui avec mon cousin, Jerome Brookford. Vous vous souvenez certainement de lui, Lalia. Il a passé plusieurs étés avec nous à Kingsweir.

Lalia étudia le jeune homme qui se tenait auprès d'Alvin. Moins grand que lui, il ne possédait pas son charme raffiné. Elle découvrit un personnage robuste, aux cheveux noirs et aux yeux bleus. Dans son regard, elle lut l'admiration habituelle que suscitait Miss Lalia Darrencourt, l'héritière de Sir Ashley et l'une des beautés du royaume, récemment présentée à la reine Victoria.

– Mais oui, je me souviens de lui! fit-elle en lui tendant la main. Une fois, il m'a aidée à sortir du bassin aux poissons rouges à Kingsweir!

– Vous vous en étiez trop approchée malgré les interdictions, compléta Jerome en serrant fermement ses doigts entre les siens. Vous êtes sûrement plus obéissante maintenant.

Alvin éclata d'un rire léger.

– Oh non, mon cher Jerome, elle n'a pas changé! Tout le monde ici est à ses ordres, des domestiques jusqu'à son père, en passant par Miss Flora et moi-même.

– Eh bien, vous ne lui rendez pas service, remarqua tranquillement le jeune homme. Il ne faut pas satisfaire ses moindres caprices.

Lalia se raidit imperceptiblement.

– Ce n'est guère le cas! lança-t-elle. Je constate que vous êtes toujours aussi taquin.

– Vous ne lui en voulez pas, ma chère, n'est-ce pas? s'enquit Alvin en l'attirant près de lui. Jerome restera parmi nous quelque temps. Sa mère suit une cure à Harrogate pour ses rhumatismes.

– J'espère qu'elle lui réussira, déclara Lalia à l'intention du jeune homme, puis elle s'adressa à son fiancé : j'ai reçu des modèles qui ne me plaisent pas pour nos invitations de mariage. Je vais les renvoyer et en demander d'autres. Je compte aussi faire quelques courses à Londres.

– Cet événement est une véritable affaire d'état! s'exclama Alvin en feignant la frayeur. Lalia m'oublie complètement. Elle ne songe plus qu'à ses toilettes et à ses chapeaux!

– Sa robe de mariée est une merveille, glissa Miss Flora. Nous avons choisi du brocart de...

Lalia interrompit vivement sa tante :

– Laissez-lui la surprise, je vous en prie! Il aura tout loisir de l'admirer durant la cérémonie à l'église.

– Je serai tellement ému que je ne verrai rien, avoua Alvin.

Lalia allait répondre quand un laquais apparut. Il présenta un plateau d'argent à Miss Flora et celle-ci s'écria :

– Mon Dieu, un télégramme! Pourvu que ce ne soient pas de mauvaises nouvelles! Je ne puis l'ouvrir. Lalia, ma chérie, lisez-le pour moi, s'il vous plaît.

La jeune fille parcourut la missive et la joie se peignit sur son visage.

– Papa vient d'arriver à Douvres! Il prendra le train demain et nous demande d'envoyer la voiture le chercher à Brackton.

– Il est sans doute parfaitement rétabli, assura Alvin. Le docteur a eu une bonne idée en l'incitant à aller passer l'hiver en Espagne. Lalia, aimeriez-vous vous promener à cheval avec nous ce matin?

– Très volontiers, répliqua-t-elle, mais il faut d'abord que vous preniez un rafraîchissement. Ma tante se chargera de vous le faire servir pendant que je me change.

Elle sourit à son fiancé puis, ramassant sa traîne, quitta la pièce avec grâce.

Un écuyer amena Betsy, sa jument favorite, devant le perron de la majestueuse demeure des Darrencourt. Winterbridge Hall, l'un des plus grands domaines du Yorkshire, appartenait à la famille de Lalia depuis de nombreuses générations. Les Prior vivaient à Kingsweir, la propriété voisine. Lalia et Alvin étaient destinés l'un à l'autre depuis leur naissance. Menant une existence très protégée et facile, Lalia trouvait depuis toujours en Alvin un compagnon charmant. Il lui semblait tout naturel de l'épouser. L'annonce de leurs fiançailles avait brisé beaucoup de cœurs dans la région et Lalia éprouvait un certain plaisir à l'idée de faire des envieuses. Elle était riche et belle, et elle allait se marier avec l'homme le plus séduisant du Yorkshire.

Encadrée par Alvin et Jerome, elle descendit l'allée et traversa le parc. Au moment où ils projetaient de passer le pont qui enjambait la rivière, un domestique arriva au galop avec un message pour Alvin.

– Ma mère me demande de rentrer immédiatement, déclara-t-il avec un soupir. Lady Grange est là avec ses deux filles. Je dois l'aider à les recevoir. Ces personnes font partie de votre famille, Lalia. Je ne vois pas pourquoi elles s'obstinent à venir chez nous.

– Je ne m'en plaindrai pas, riposta la jeune fille avec un sourire malicieux. Elles m'ennuient à mourir. Êtes-vous vraiment obligé d'aller leur tenir compagnie?

– Ma mère m'en voudra si je ne rentre pas. Accompagnez-moi donc.

– Notre promenade commence à peine! protesta Lalia. Betsy est impatiente de galoper.

– Dans ce cas, promenez-vous avec Jerome et rejoignez-moi plus tard, décida Alvin.

Il leva sa cravache en guise de salut et s'éloigna.

– Par là! s'écria Lalia avec entrain en désignant les prairies à Jerome.

L'air un peu piquant d'avril l'enivrait. Que la vie était belle pour elle! Elle avait un fiancé merveilleux et son père lui revenait en parfaite santé. Quant aux préparatifs pour son mariage fixé au mois prochain, ils se déroulaient dans les meilleures conditions possibles. Mille motifs concouraient à son bonheur. Sa mère qu'elle n'avait pas connue ne lui manquait pas, et son père s'était toujours montré à son égard d'une extraordinaire gentillesse. Et, bien qu'elle n'eût que dix-neuf ans, elle dirigeait déjà la maison à la place de Miss Flora.

– Vous êtes une excellente cavalière.

A ces mots, elle se retourna. Dans l'euphorie de la chevauchée, elle avait presque oublié Jerome. Elle rencontra son regard scrutateur et une inexplicable irritation s'empara d'elle.

– Êtes-vous disposée à vous rendre à Kingsweir maintenant? s'enquit-il.

– Il le faut bien, soupira-t-elle. Je n'ai pourtant aucune envie de voir ma tante et mes cousines.

– Mais vous souhaitez encore moins rester avec moi.

Lalia caressa sa jument et lança :

– Pourquoi semblez-vous persuadé que je ne vous aime pas?

– Parce que c'est la vérité. Déjà enfants, nous nous disputions car je ne cédais pas à vos caprices. Vous étiez très jolie et vous comptiez sur votre charme pour fléchir les gens.

– Mon charme n'opérait pas sur vous.

Les traits de Jerome s'éclairèrent furtivement tandis qu'il regardait sa compagne, puis il redevint à nouveau grave.

– Je n'avais pas l'esprit à m'attendrir devant une petite fille gâtée, répliqua-t-il.

– Alvin m'a parlé de votre père..., commença Lalia.

Dès qu'elle se rappela les paroles de son fiancé, elle regretta d'avoir abordé ce sujet.

– Mon père était un joueur invétéré, déclara Jerome sur un ton sévère. J'ai passé mon enfance à redouter les conséquences de sa funeste passion.

Touchée par l'amertume de son interlocuteur Lalia garda le silence un moment. Alvin lui avait expliqué que le père de Jerome était mort en laissant seulement des dettes à son fils. Sentant la tristesse l'envahir, la jeune fille décida de gagner Kingsweir sans tarder.

Un valet les introduisit, Jerome et elle, dans le salon où Mme Prior et Alvin recevaient leurs invitées.

– Lalia! s'exclama Lady Grange en examinant l'élégante tenue d'équitation de sa nièce. Comment allez-vous? Mes filles sont très impatientes de savoir où en sont vos préparatifs de mariage. Avez-vous déjà songé à vos demoiselles d'honneur?

La jeune fille regarda ses deux cousines assises auprès d'Alvin et devina les sous-entendus de sa tante. Elle n'en répondit pas moins tranquillement :

– J'ai choisi trois cousines du côté de mon père et une amie de Londres.

Elle n'avait jamais éprouvé aucune attirance à l'égard de Lady Grange et de sa famille, et elle ne se souciait guère de le cacher.

Nina, l'aînée des filles, se leva d'un bond, l'air cruellement déçu.

– Comment, vous ne faites pas appel à...?

Elle s'empourpra et renonça à achever sa phrase. Sa sœur Harriet la relaya, s'écriant avec humeur :

– Évidemment, nous ne sommes pas assez bien pour vous!

Lalia accueillit leur mécontentement d'un haussement d'épaules. Elles étaient dévorées de jalousie. La conversation prit heureusement un tour plus paisible, et Alvin profita d'un aparté pour demander à sa fiancée :

– Vous êtes-vous bien promenée avec Jerome?

– Oui. Il m'inspire une certaine pitié, le pauvre. Je le trouve si sombre. Ne rit-il donc jamais?

– Il n'a guère de raisons d'être joyeux, expliqua Alvin. Il est criblé de dettes et son domaine, le manoir de Hildon, est dans un état de total abandon depuis des années. Il va sans doute être obligé de le vendre. Et pour comble, sa mère est souffrante. Avouez que c'est beaucoup de tracas pour un fils unique.

Lalia ne voulut pas partir sans serrer la main du jeune homme.

– Au revoir, monsieur Brookford... Jerome. Je vous remercie de m'avoir accompagnée ce matin.

Jerome la considéra avec attention un long moment avant de parler et elle éprouva une fois de plus la sensation désagréable d'être jugée sans indulgence. Il s'inclina soudain et dit :

– Au revoir, Lalia. Je vous souhaite d'être très heureuse avec Alvin.

Elle murmura une formule de politesse et s'esquiva, en proie à un étrange malaise. De retour à Winterbridge, elle trouva sa tante très occupée à composer un repas de fête en l'honneur de Sir Ashley. Lalia donna son avis tout en se réjouissant à l'idée de revoir son père. Cet homme modèle avait toujours aplani pour elle les difficultés de l'existence.

Lorsque Nancy, sa femme de chambre, apparut le lendemain matin, elle bondit joyeusement hors de son lit et courut à la fenêtre pour assister au début d'une magnifique journée de printemps. Un soleil éblouissant triomphait glorieusement des brouillards nocturnes. Des gouttes de rosées scintillaient dans les feuillages et sur les pelouses. De légers nuages flottaient avec nonchalance dans le ciel clair.

– Quel beau temps pour le retour de Sir Ashley! lança Nancy en commençant à coiffer sa maîtresse.

Chantant gaiement, Lalia passa ensuite toute une heure à fleurir la maison. Sa tante s'affairait d'une pièce à l'autre, pressant les domestiques de consignes. Leurs pensées à toutes deux étaient entièrement dirigées vers l'arrivant.

Trop émues pour manger, elles touchèrent à peine aux plats du déjeuner. Elles se firent servir le café dans la bibliothèque d'où elles pouvaient surveiller le portail du domaine.

– J'ai horreur d'attendre! gémit Lalia en marchant de long en large.

– Vous avez toujours manqué de patience, ma chère, déclara Miss Flora. J'ai longtemps craint que vous...

Lalia ne l'écoutait plus. Elle avait perçu un bruit de roues et se précipita vers la fenêtre afin de voir approcher la voiture tirée par deux chevaux.

– Le voilà, enfin! s'exclama-t-elle.

Elle quitta la pièce à la hâte, dévala l'escalier et traversa le hall en courant. Sa tante la suivit plus posément. Elle atteignit le perron au moment où le laquais ouvrait la portière de la voiture.

– Papa, mon cher...!

Le dernier mot s'étrangla dans sa gorge. Le spectacle qui se déroulait devant elle la stupéfia tant qu'elle n'en crut pas ses yeux. Une petite femme descendit après Sir Ashley. Derrière Lalia, Miss Flora étouffa un cri de surprise. La créature aux yeux noirs, dotée d'une beauté fascinante, les fixa un instant, puis Sir Ashley lui offrit son bras et gravit les marches avec elle.

– Flora, Lalia, fit-il avec un doux sourire, permettez-moi de vous présenter Rosa.

– Rosa? répéta Lalia dont le visage trahissait une profonde perplexité.

– Oui, Rosa, mon épouse, annonça fièrement Sir Ashley. Nous nous sommes mariés la semaine dernière.

2

Lalia resta bouche bée. Avait-elle bien entendu? Non, son père n'avait certainement pas dit que... Il ne pouvait pas être *marié* avec cette femme!

Miss Flora se ressaisit la première. Très pâle, elle s'avança et tendit à son frère une main tremblante.

– Je... je vous souhaite la bienvenue, Ashley, balbutia-t-elle. Pourquoi ne nous avez-vous pas...? Nous étions loin de nous douter que...

Sir Ashley les observa tour à tour, Lalia et elle, et déclara :

– Ne vous ai-je pas parlé de ma rencontre avec Mme Carew et ses filles lors de mon arrivée à Carthagène?

– Certes, mais nous ne connaissions pas vos projets de...

– Je vous ai pourtant écrit une longue lettre, vous expliquant que ma chère Rosa avait fait mon bonheur en acceptant de devenir mon épouse. Ne l'avez-vous pas reçue?

– Nous sommes sans nouvelles de vous depuis le mois de février, répondit Lalia.

Prenant conscience de la curiosité croissante des domestiques qui les entouraient, elle s'empressa d'ajouter :

– Mais ne restons pas là! Entrons!

Elle prit les devants et se dirigea vers la bibliothèque.

Elle contempla un moment les bûches qui brûlaient dans la cheminée en marbre. Quand elle se retourna, elle semblait de nouveau parfaitement calme et maîtresse d'elle-même. Son cœur continuait cependant à battre à tout rompre dans sa poitrine. Elle venait de subir un choc terrible. Son père s'était épris d'une femme qui aurait pu être sa fille. Quelle catastrophe! Elle parvint à murmurer d'une voix neutre :

– Je vais ordonner qu'on apporte du thé. Votre... femme doit être fatiguée après ce long voyage.

– Appelez-moi donc Rosa, offrit celle-ci en s'approchant du feu. Qu'il fait froid en Angleterre! Je l'avais oublié. Mon père était anglais et j'ai été élevée ici. L'éducation britannique m'a paru bien sévère.

Elle rejeta la tête en arrière avec un petit rire musical.

– Je n'étais pas docile du tout! J'ai hérité du tempérament espagnol de ma mère.

– Vraiment, fit Lalia non sans une certaine gêne. Voudriez-vous vous reposer? Mme Grant va vous préparer votre chambre.

– Oh non, je préfère me réchauffer ici. Je ne prendrai pas de thé, mais du café, s'il vous plaît.

– Bien sûr, ma chère, accorda immédiatement Sir Ashley. Lalia y veillera. Détendez-vous. Vous en avez besoin. Vous n'êtes pas encore tout à fait remise de notre traversée de la Manche.

Rosa frissonna à ces souvenirs.

– J'ai vécu un véritable cauchemar sur ce bateau. Si vous n'aviez pas été auprès de moi, je serais morte de frayeur.

Elle leva un visage souriant vers Sir Ashley et, incapable d'en supporter davantage, Lalia quitta précipitamment la pièce.

– Je vais demander du café, annonça-t-elle.

Sa tante la suivit et elles se retrouvèrent face à face dans le couloir, se regardant avec stupeur sans parler. Lalia explosa tout à coup.

– A-t-il perdu la raison? Épouser une femme si jeune... et à moitié espagnole! Vous rendez-vous compte ma tante, que cette créature est ma belle-mère? C'est honteux, impossible, scandaleux!

Miss Flora passa un bras autour des épaules de sa nièce.

– Ma chérie, arrivés à un certain âge, les hommes commettent parfois des actions déraisonnables. Votre père souffrait sans doute de sa solitude.

– Mais nous étions là, et il avait ses livres!

– Ce n'était pas suffisant, répliqua Miss Flora avec un soupir. Rosa est belle et vive. Et puis vous allez bientôt vous marier et le quitter. Il y a sûrement pensé.

– De là à épouser cette créature! Il aurait pu... Il aurait pu...

Miss Flora rougit légèrement et s'écria :

– Comment osez-vous prêter une telle intention à votre père, un vrai gentleman?

– Je regrette qu'il n'ait pas songé à en faire sa maîtresse! rétorqua rageusement Lalia.

– Oh taisez-vous! Ne dites pas de telles horreurs!

– Ce mariage est voué à l'échec, s'obstina Lalia. Rosa se lassera vite de vivre à la campagne. Il lui faudra des distractions.

– Si elle aime votre père, sa compagnie la comblera, assura Miss Flora sur un ton apaisant. Au lieu de nous désoler, réjouissons-nous, car Ashley se sentira moins seul après votre départ.

Lalia refusait d'entendre raison.

– Le malheur est entré dans la maison avec cette femme, croyez-moi, ma tante. Je le sens et je la hais, oh oui, je la hais!

– Ne vous emportez pas, ma chère Lalia. Bientôt vous nous quitterez pour commencer une nouvelle vie avec Alvin. Ne voulez-vous pas que votre père soit heureux, lui aussi?

– Cette union ne le rendra pas heureux, j'en suis certaine.

– Nous devons pourtant le souhaiter, déclara sagement Miss Flora. Et maintenant, allons mettre Mme Grant au courant de la situation.

– Elle n'en ignore déjà plus rien! railla la jeune fille. Toute la région ne va pas tarder à parler de nous et nous serons la risée des gens!

Rosa décida de dîner dans sa chambre ce soir-là, et après le repas, Lalia porta le café à son père dans la bibliothèque. Il l'accueillit avec un sourire un peu triste.

– Je vois bien que vous êtes bouleversée. Si seulement vous aviez reçu ma dernière lettre!

Elle se laissa tomber sur un tabouret à ses pieds.

– Dans celle de février, vous ne mentionniez pas du tout Miss Carew.

– Il m'était difficile d'exprimer mes sentiments, expliqua-t-il sur un ton d'excuse. Je suis un homme réservé.

– Mais pourquoi un mariage si subit?

– C'était la meilleure solution. La mère de Rosa ne pouvait pas se permettre de venir en Angleterre. Son mari, un militaire de l'armée britannique, est mort en la laissant sans argent et avec cinq filles.

Évidemment, songea aussitôt Lalia, Mme Carew n'avait pas laissé passer l'occasion d'unir Rosa à un noble fortuné. Son père était tombé tout droit dans le piège. Pour la première fois, elle vit en lui un être faible, facile à abuser.

Elle passa une nuit très agitée. Le lendemain, Rosa prit son petit déjeuner au lit. Ne tenant pas en place, Lalia allait d'une pièce à l'autre. Lorsqu'elle pénétra dans la bibliothèque, elle y découvrit la jeune femme qui venait de s'installer devant le feu, un châle de cachemire sur les épaules. Elle tenta de s'esquiver, mais Rosa l'invita à s'asseoir auprès d'elle.

– Vous n'êtes pas contente que j'aie épousé votre père, n'est-ce pas? fit-elle d'une manière très directe. Je suis navrée que la lettre se soit perdue. Mais je suis là à présent et vous devez m'accepter. Dorénavant, c'est moi qui dirigerai Winterbridge. Je suis votre belle-mère. Votre belle-mère!

Elle éclata soudain de rire.

– Ce rôle ne me convient pas du tout. Qu'importe! Vous quitterez bientôt le domaine pour vous marier. En attendant, soyons amies.

– Entendu, Rosa, répondit Lalia en s'efforçant de sourire.

Elle n'avait guère le choix. Déjà la veille, sa tante s'était montrée favorable à une attitude de conciliation.

– Je suis heureuse de vous voir si raisonnable, affirma Rosa. Vous pourrez naturellement m'aider, vous et votre tante.

– Vous vous débrouillerez très bien sans nous, rispota sèchement Lalia.

Elle étudia le beau visage ovale au teint laiteux où brillaient les yeux sombres et veloutés. Elle s'attarda un instant sur la bouche sensuelle et se demanda combien de temps Rosa supporterait sa vie monotone. Dans cette demeure, elle ressemblait à un délicieux oiseau exotique enfermé dans une cage.

Comme si elle lisait dans les pensées de la jeune fille, Rosa déclara :

– Bien sûr, je ne passerai pas toute l'année ici. Je n'aime pas assez la campagane. Ashley a promis de louer une maison à Londres.

Un peu plus tard, Alvin trouva sa fiancée dans le salon.

– Connaissez-vous les dernières nouvelles?

– Oui. Je ne parviens pas à y croire. Votre père a-t-il vraiment épousé une toute jeune femme, à demi-espagnole de surcroît? C'est une folie!

– Hélas oui, Alvin. Le choc a été terrible pour ma tante et pour moi-même. Mon père nous avait écrit une lettre qui s'est perdue. Je suis désespérée, Alvin. Je suis sûre qu'elle ne s'est pas mariée par amour. Sa mère est très pauvre et elle a encore la charge de quatre filles.

– Elles ont réussi à entraîner votre père dans une union qui risque fort de le décevoir.

Lalia secoua la tête d'un air désolé.

– Je ne peux pas me résigner à la considérer comme la maîtresse de Winterbridge.

– Consolez-vous, déclara gentiment Alvin. Vous aurez bientôt votre propre maison et, grâce à cette femme, votre père se sentira peut-être moins seul.

– Vous parlez comme ma tante! rétorqua Lalia sur un ton de reproche.

Elle ne put poursuivre car Rosa fit son entrée dans la pièce. Elle portait une robe en soie rouge bordée de dentelle, beaucoup trop élégante pour l'occasion. Le corsage épousait étroitement son buste et la jupe ondulait harmonieusement au rythme de sa démarche.

– Présentez-moi votre fiancé, Lalia! lança-t-elle. Je suis enchantée de faire sa connaissance.

Son regard vif analysait les traits fins d'Alvin et elle ajouta :

– Vous ne m'aviez pas dit qu'il était si beau!

Voyant la gêne d'Alvin, elle s'écria en riant :

– Allons, voilà que je l'embarrasse! J'oubliais que je suis en Angleterre. Il faudra m'apprendre à modérer mes propos, Lalia. Je ne sais pas si je réussirai.

– N'essayez surtout pas! s'exclama Alvin qui s'était vite remis de sa surprise. Un peu de gaieté espagnole nous sera précieuse.

Il souriait à Rosa, et Lalia surprit une lueur de satisfaction dans le regard de sa belle-mère. L'admiration des hommes lui était aussi indispensable que l'eau aux fleurs. Lalia plaignit malgré elle cette créature pleine de vie qui devait désormais rester dans la vieille demeure de Winterbridge. Alvin la tira de ses réflexions en déclarant :

– Lady Darrencourt vient de me confier son amour de l'équitation. Vous lui procurerez une monture, n'est-ce pas?

– Oh oui! appuya Rosa.

Lalia se tourna vers son fiancé et annonça froidement :

– J'ai commandé la voiture pour aller rendre visite à Mme Brookford. Je veux prendre des nouvelles de sa santé.

– Je rentre avec vous à Kingsweir, décida le jeune homme, puis il s'adressa à Rosa, affirmant aimablement : ma mère viendra vous voir dès que vous serez tout à fait installée, Lady Darrencourt.

– C'est très gentil de sa part, minauda Rosa en repoussant avec coquetterie une boucle brune derrière son oreille. N'oubliez pas que je désire monter à cheval. Je participerai volontiers à vos promenades... si vous me le permettez.

Elle épia la réaction de Lalia qui se sentit obligée de déclarer :

– Vous serez la bienvenue.

Alvin chevaucha à côté de la voiture jusqu'à Kingsweir. L'observant, Lalia admira une fois de plus son profil distingué, son abondante chevelure châtain et son maintien fier. Il rencontra son regard et lui décocha un sourire irrésistible.

Mme Brookford, dont le visage était marqué par la souffrance, accueillit chaleureusement la jeune fille.

– Jerome ne va pas tarder à revenir, dit-elle.

– La cure vous réussit-elle? s'enquit Lalia.

– J'en espère un peu d'amélioration, déclara-t-elle en poussant un profond soupir.

Lorsque Jerome entra, il salua Alvin d'un signe de tête et s'assit auprès de Lalia. Au bout d'un moment, il lui demanda discrètement :

– Que pensez-vous de votre belle-mère? Elle est très belle à ce qu'il paraît... et elle entend prendre la direction de Winterbridge.

– N'écoutez pas ce qu'on raconte! rétorqua-t-elle sèchement. Et apprenez que je suis ravie de ne plus avoir à m'occuper de la maison.

Jerome la considéra d'un air moqueur qui l'irrita.

– Ainsi, vous manquez toujours autant d'honnêteté. J'étais curieux de savoir si vous vous amélioreriez en devenant une adulte.

Elle se mordilla les lèvres, attendant malgré elle son verdict. Et, comme il la faisait languir, elle n'y tint soudain plus.

– Et alors? lança-t-elle sur un ton faussement détaché.

– Vous avez gagné en charme, vous possédez de puissants attraits, mais vous êtes restée futile, égoïste et cruelle.

De saisissement, elle laissa tomber ses gants, et se leva brusquement.

– Monsieur Brookford, je ne vous autorise pas à dire que je suis cruelle!

Il haussa les épaules.

– Je trouve pourtant que vous vous êtes bien mal conduite envers votre tante et ses deux filles.

– Vous êtes un impertinent!

– Je suis franc, corrigea-t-il sans s'émouvoir.

Il se baissa pour ramasser ses gants et les lui tendit avec un sourire ironique.

Lorsqu'elle remonta dans sa voiture avec l'aide de son fiancé, Lalia déclara :

– Je n'éprouve aucune sympathie pour votre cousin.

– Il ne déguise pas sa pensée, convint Alvin.

– Il ne m'aime d'ailleurs pas non plus, ajouta-t-elle Mais qu'importe! vous venez me voir demain matin, n'est-ce pas?

– Entendu. N'oubliez pas de trouver un cheval pour votre belle-mère.

– Oui, elle est là, il faut se résigner, soupira Lalia tandis que l'attelage prenait le chemin de Winterbridge.

Mais bientôt, songea-t-elle, en épousant Alvin, elle échapperait à cette intruse.

3

Lalia s'adapta peu à peu à la situation. Elle n'en demeura pas moins persuadée que son père avait commis une erreur regrettable. Il était hélas trop tard pour y remédier et il ne servait à rien de mener une guerre ouverte contre Rosa.

Le premier problème survint avec la démission de Mme Grant. Elle renonçait à un emploi qu'elle occupait dans la maison depuis la naissance de Lalia.

Elle se tenait devant la jeune fille, croisant les bras qui l'avaient si souvent bercée.

– Je suis désolée de devoir vous quitter, Miss Lalia, fit-elle d'une voix émue, mais rien n'est plus comme avant ici. Je ne me sens plus à ma place. Si vous le voulez bien, je désire partir à la fin du mois.

– Oh Granty, s'exclama Lalia, utilisant le nom qu'elle lui donnait dans son enfance, vous ne pouvez pas nous abandonner! Vous vous habitucrez à Lady Darrencourt.

– Personne ne s'est jamais mêlé de mon travail, répliqua dignement la servante. Jusqu'à présent, ni Sir Ashley, ni Miss Flora, ni vous-même ne m'avez fait le moindre reproche et...

– Mais bien sûr, Granty. Et il en sera de même dans l'avenir. Restez!

– Ma décision est prise, ma chère Miss Lalia. Je ne peux pas poursuivre ma tâche sous les ordres de Lady Darrencourt.

Lalia s'empara d'une des mains ridées de la servante et lança :

– Attendez jusqu'à mon mariage, je vous en prie! Je vous emmènerai à Kingsweir. Comme vous le savez, Mme Prior me laisse la maison et j'aurai besoin de vous.

Un sourire ravi illumina le visage de la servante.

– Oh vraiment! C'est merveilleux. Je ne demande pas mieux. Dans ce cas, je resterai jusqu'à votre départ. Lady Darrencourt se lassera la première de vouloir réformer cette demeure de fond en comble.

Les prévisions de Mme Grant s'avérèrent exactes. Quelques semaines plus tard, Rosa se plaignait d'être écrasée par les responsabilités, et Lalia reprenait progressivement le contrôle de Winterbridge.

Alvin avait offert un cheval de ses écuries à la nouvelle épouse de Sir Ashley et elle accompagnait les fiancés dans toutes leurs promenades. Elle ne cessait de solliciter l'attention d'Alvin. Lalia observait son manège avec amusement. Son comportement ne semblait pas déplaire au jeune homme qui se montrait très galant à son égard.

De nombreux voisins étaient déjà venus en visite à Winterbridge. Les femmes ennuyaient Rosa et elle les abandonnait sans façon à Lalia et à sa tante, préférant réunir les hommes autour d'elle. Lors de leur passage, Lady Grange et ses filles restèrent confondues par la coquetterie et l'assurance de la jeune femme.

Pour échapper à leurs commentaires indiscrets, Lalia s'éclipsa et se rendit à Kingsweir. Son fiancé était occupé avec son régisseur et il ne lui consacra que quelques instants. Il déclara :

– Je vous rejoindrai plus tard, ma chérie. Vous trouverez Jerome dans la bibliothèque.

– Je préfère vous attendre dans la roseraie, répliqua-t-elle, se refusant à chercher la compagnie d'un être qui l'avait taxée de cruauté.

Elle traversa la pelouse et s'arrêta devant le bassin aux poissons rouges.

– N'y retombez pas! lança une voix derrière elle. Vous êtes maintenant trop élégante pour que je puisse vous tirer hors de l'eau par votre jupe!

Jerome était arrivé sans bruit, l'herbe étouffant ses pas.

– Puis-je vous demander de vous éloigner de ce bassin? Je crains que vous ne sachiez résister à la tentation, ajouta-t-il.

Elle ne put s'empêcher de rire.

– Vous ne me laisserez pas oublier cet épisode, n'est-ce pas? Je croyais que vous étiez dans la bibliothèque.

– Je vous ai aperçue par la fenêtre.

– Et vous êtes venu me reparler de mon caractère.

Un sourire atténua la gravité de ses traits et attira l'attention de Lalia sur sa bouche au contour net et ferme. Elle accepta de faire quelques pas avec lui et s'informa de la santé de sa mère.

– La cure ne donne pas beaucoup de résultats et je songe à la ramener chez nous, dans le Dorset. Du moins aura-t-elle bénéficié d'un changement d'air. D'après le docteur à Harrogate, un médecin autrichien expérimente un nouveau traitement pour les rhumatismes à Londres.

Il s'interrompit un instant et fronça les sourcils.

– Ces soins coûtent hélas très cher... C'est infernal de ne pas avoir d'argent!

Lalia chercha en vain une parole réconfortante. Les accents douloureux de son compagnon la mettaient mal à l'aise et elle fut soulagée de voir approcher Alvin.

– Ma mère désire vous voir, annonça-t-il en la prenant par la taille. Elle est dans son boudoir.

– Ah, ma chère Lalia, lança Mme Prior lorsque la jeune fille entra dans la pièce, je voulais vous parler de votre voyage à Londres. Je dois y aller moi-même et je vous propose de m'accompagner. Nous séjournerons chez mon frère qui sera ravi de vous recevoir. Qu'en pensez-vous?

– C'est une excellente idée, je vous remercie. Ma robe de mariée est commandée, mais il faudra sans doute faire quelques retouches. Je serai heureuse que vous soyez là pour me donner votre avis.

Un peu plus tard, elle discuta avec Alvin sur le perron de Kingsweir en attendant qu'on amenât sa voiture.

– Pendant mon absence, vous continuerez à vous promener avec Rosa, n'est-ce pas? s'enquit-elle avec un soupir soucieux. Elle s'ennuie à mourir et mon père ne s'en rend pas compte. Il consacre ses journées à la lecture, comme par le passé. Distrayez ma belle-mère, mon cher Alvin, je m'en remets à vous.

– Je ferai de mon mieux, promit-il gaiement.

Dès le lendemain, il sortit avec Rosa tandis que Lalia préparait ses bagages. La jeune femme lui demanda de l'accompagner le jour suivant. Elle devait honorer quelques invitations et Sir Ashley avait refusé de se rendre avec elle chez ses voisins, prétextant qu'il ne les connaissait déjà que trop bien.

Dans le train qui les emmenait à Londres, Mme Prior entretint Lalia de banalités. La jeune fille n'avait jamais jugé sa belle-mère très intéressante. Elle écoutait d'une oreille distraite ses bavardages mondains quand une phrase prononcée sur un ton mielleux la tira de son indifférence.

– On commence à parler de votre belle-mère. Son comportement s'explique sans doute par son éducation et son origine étrangère.

– Rosa a été élevée en Angleterre.

– Elle n'a cependant pas des manières anglaises, surtout avec les hommes. Peut-être pourrez-vous lui conseiller d'adopter une attitude plus discrète?

– Elle est si jeune et si belle, murmura Lalia.

– En effet. Quelle situation! lança Mme Prior avant de se plonger dans un journal illustré.

Lalia se plut davantage à Londres qu'elle ne l'avait escompté. Le frère de Mme Prior donna plusieurs dîners et offrit de nombreuses sorties à ses invitées.

– M. Voizard nourrit une grande admiration pour vous, dit un matin Mme Prior à Lalia. Il a été très déçu d'apprendre que vous alliez vous marier.

– M. Voizard? Le Français que nous avons rencontré mardi? Je l'ai trouvé charmant et très spirituel. Savez-vous qu'il m'a envoyé des fleurs?

– Comment? Mais c'est scandaleux! Vous êtes fiancée! Il n'aurait jamais dû se le permettre.

– Peut-être est-ce autorisé en France, remarqua Lalia en riant.

Elle se garda bien de parler de la carte qui accompagnait le bouquet. Le jeune homme n'y avait pas caché ses sentiments. Aurait-il mieux valu qu'elle se montre plus froide à son égard? Pourquoi? Ces marques d'intérêt lui faisaient tant plaisir.

Mme Prior souhaitant prolonger son séjour, elle accepta de rester, bien que sa robe de mariée fût achevée. C'était une splendeur ornée de dentelle et de perles, digne d'une princesse. Elle s'imaginait déjà le magnifique spectacle qu'elle offrirait devant la vieille église du village, avec son cortège de demoiselles d'honneur vêtues de rose.

Londres l'entraîna de pièces de théâtre en concerts. M. Voizard la suivait partout. Il se conduisait d'une manière discrète, mais avec toutefois trop d'empressement à l'égard d'une jeune fille promise à un autre homme.

Durant le voyage de retour, Mme Prior s'attendrit sur le mariage proche.

– Ce sera le plus beau jour de ma vie, expliqua-t-elle. Votre père et moi y songeons depuis votre enfance et celle d'Alvin. Il vous aime tendrement.

– Oui, je le sais, répondit Lalia qui puisait dans la dévotion d'Alvin le réconfort, l'appui et surtout la dose de flatterie dont sa vanité avait besoin.

Sa tante l'accueillit dans un état d'agitation extrême.

Elle avait à cœur de régler à temps tous les détails du grand événement.

– Le jardinier nous assure qu'il n'y aura aucun problème avec les fleurs, mais les coupes à champagne ne sont pas encore arrivées. Je les ai pourtant commandées depuis trois semaines.

– Ne vous inquiétez pas, fit Lalia en l'embrassant. Tout ira bien. Je suis née sous une bonne étoile.

– Il ne faut pas le dire, cela porte malheur! s'écria Miss Flora.

Elle jeta un regard circulaire autour d'elle et ajouta d'un air de conspirateur :

– Rosa ne manifeste aucun intérêt pour les préparatifs de votre mariage. D'ailleurs, je l'ai à peine vue ces temps-ci. Elle sort beaucoup. Je dois avouer qu'elle me déçoit.

Sir Ashley reçut sa fille avec beaucoup de chaleur, mais Rosa n'apparut qu'en fin d'après-midi. Elle ne se comporta pas d'une façon très naturelle.

– Avez-vous fait bon voyage? s'enquit-elle en évitant le regard de Lalia.

Elle dénoua nonchalamment le ruban d'un grand chapeau de paille et Lalia l'observa avec perplexité. Qu'avait-elle à se reprocher? se demanda-t-elle.

Mais les questions ne manquaient pas ce jour-là et elle fut rapidement plongée dans de vives discussions avec son père, sa tante et Mme Grant. La vaste salle de bal avait été ouverte en vue de la réception et Lalia passa sans répit d'une occupation à l'autre. Tard le soir, tandis que Nancy brossait ses cheveux, elle s'aperçut soudain qu'elle n'avait pas vu Alvin.

« Le pauvre, songea-t-elle, toute cette agitation l'affole! Les hommes n'apprécient sûrement pas toutes les complications qui entourent une telle cérémonie. »

Durant son sommeil, elle rêva de l'Italie où elle devait se rendre pour sa lune de miel. Le ciel était d'un bleu éblouissant au-dessus d'elle, mais lorsqu'elle baissa les yeux, elle découvrit un nuage noir à l'horizon. Et le nuage approcha, approcha, devenant toujours plus gros...

Lalia se réveilla en sursaut. Elle se redressa dans son lit et s'abandonna à son imagination qui lui dépeignit son départ de Winterbridge, puis sa nouvelle vie à Kingsweir.

Soudain, un bruit de pas précipités l'alerta et Nancy entra sans frapper dans sa chambre. Elle arborait une expression inquiétante et Lalia bondit hors de son lit.

– Qu'y a-t-il, Nancy?

– Oh, Miss Lalia... Je...

– Parlez!

– Lady Darrencourt n'est pas dans sa chambre.

– Pas dans sa chambre!

Lalia frissonna et son rêve lui revint en mémoire.

– Où peut-elle être? Est-elle sortie hier soir?

De nouveaux bruits de pas attirèrent son attention et elle se retourna. Sa tante se tenait sur le seuil de la pièce, ses cheveux gris couverts de papillotes à demi dissimulés sous un bonnet en soie. Elle serrait les pans de sa robe de chambre d'une main et dans l'autre, elle tenait une enveloppe.

– Laissez-nous, Nancy, ordonna-t-elle d'une voix calme.

Mais Lalia sentit qu'elle accomplissait un immense effort pour se contrôler.

Dès que la servante fût sortie, elle s'écria :

– Que se passe-t-il, tante Flora? Nancy prétend que Rosa n'est pas dans sa chambre.

– Ma chère enfant, je ne sais rien de plus, mais lisez cette lettre.

Elle la lui tendit en tremblant.

– Un valet de Kingsweir vient de l'apporter.

– De Kingsweir!

Lalia s'empara brutalement de la missive. Son visage pâlit au fur et à mesure qu'elle prenait connaissance de son contenu. Elle poussa tout à coup un cri strident.

– Lalia, qu'y a-t-il? Dites-moi! s'exclama sa tante.

La jeune fille releva lentement les paupières. Ses traits étaient figés en un masque d'hébétude et ses lèvres frémissaient tant qu'elle articula difficilement :

– Ils... sont partis... Alvin et Rosa... Ils se sont enfuis cette nuit. Alvin emmène Rosa dans sa plantation de la Jamaïque. Ils ont peut-être déjà pris la mer à l'heure qu'il est.

– Oh non! Ce n'est pas possible! se lamenta Miss Flora. Elle ne peut pas avoir fait une chose pareille! Et Alvin, lui qui vous aimait tant!

Lalia secoua tristement la tête.

– Il aime Rosa. Il me l'écrit... et il me demande pardon.

Elle écarta les bras en un geste de désespoir.

– Comment vais-je apprendre la nouvelle à mon père?

Elle se laissa tomber sur son lit. Ses mains glacées froissaient mécaniquement la lettre d'Alvin.

– Aidez-moi, ma tante! supplia-t-elle. Je ne peux pas y croire!

Et puis elle se rappela de nouveau son rêve. Le soleil s'était caché et, pour la première fois de son existence, elle se trouvait dans le noir.

4

Qu'il faisait froid! Lalia resserra son châle autour de ses épaules sans réussir à se réchauffer.

Le soir tombait, les couleurs se fondaient peu à peu en un gris uniforme. Un valet entra sur la pointe des pieds et alluma une lampe en évitant de regarder la jeune fille penchée vers le feu.

Comme tout le monde, il était au courant à cette heure, songea-t-elle en massant son front douloureux. La nouvelle se répandait comme une traînée de poudre. Bientôt, toute la région saurait que la belle Miss Lalia Darrencourt, la célèbre héritière, avait été abandonnée par son fiancé une semaine avant leur mariage. Quant à l'union de Sir Ashley, elle se révélait un échec, ainsi que les gens l'avaient prévu en secret. Ils n'avaient pourtant pas imaginé une issue aussi choquante.

Rosa s'était enfuie avec Alvin! En l'apprenant, Sir Ashley s'était évanoui. Immédiatement appelé à son chevet, le docteur avait refusé de se prononcer. Sir Ashley était de santé fragile et il ne pouvait pas promettre qu'il surmonterait le choc.

Les inquiétudes que lui inspirait l'état de son père s'ajoutaient au chagrin de Lalia. Les yeux fixés sur les flammes qui dansaient dans la cheminée, elle ressassait sans arrêt les mêmes pensées. Pourquoi ne s'était-elle pas méfiée de l'intérêt de Rosa pour Alvin? Pourquoi n'avait-elle pas compris à temps qu'une femme d'une nature aussi ardente chercherait un moyen d'échapper à une existence ennuyeuse? Profondément sensuelle, elle exerçait un puissant attrait sur les hommes. Alvin ne lui avait pas résisté. Sa lettre resterait gravée dans la mémoire de Lalia pour toujours.

« Je vous demande pardon, mais je ne peux pas vivre sans elle... Oubliez-moi, Lalia. »

Oublier cette affection enfantine qui s'était muée en amour! Aucune femme n'était parvenue à détourner Alvin de Lalia. Il avait fallu l'arrivée de cette beauté brune pour lui faire perdre la tête et le pousser à cette trahison honteuse.

Mme Prior lui avait adressé quelques lignes incohérentes, rejetant toute la faute sur Rosa, puis elle était repartie à Londres. Sans doute se sentait-elle incapable d'affronter la réaction des gens de la région.

La porte s'ouvrit et Lalia pivota sur elle-même pour voir entrer sa tante accompagnée du docteur.

– Sir Ashley est très éprouvé, déclara-t-il avec douceur. Il lui faut des soins. Je vais vous envoyer une infirmière. Vous devez vous reposer, Miss Darrencourt. Le choc vous a ébranlée, vous aussi. Je vous laisse un sirop pour vous aider à dormir.

– Je ne peux pas dormir tant que mon père est malade! s'écria-t-elle.

– Les circonstances actuelles requièrent toutes vos forces, Miss Darrencourt.

– Mais mon père...

– Espérons, ma chère, espérons...

Mme Grant lui fit boire le remède et s'installa à côté de son lit, lui tenant affectueusement la main jusqu'au moment où elle sombra dans le sommeil. Un silence sinistre planait sur Winterbridge où gisait un homme abattu par le sort, et où une jeune fille était poursuivie jusque dans ses rêves par sa cruelle déception.

Les jours suivants, Lalia eut l'impression que le cauchemar continuait. Bien que soigné avec dévotion par l'infirmière, Miss Flora et elle-même, son père restait alité, la mine pâle et défaite. A chacune de ses visites, le médecin arborait une expression très préoccupée.

Des bruits coururent selon lesquels Rosa et Alvin s'étaient embarqués à Bristol. Lalia avait entendu parler de Silverstone, le domaine des Prior à la Jamaïque. Alvin en était devenu propriétaire à la mort de son père et s'y était déjà rendu une fois. Il était revenu plein d'enthousiasme pour l'exotisme de l'île. Personne ne songeait à les poursuivre, Rosa et lui. Leur comportement impardonnable faisaient d'eux des bannis. Une vague de colère déferla sur Lalia à la pensée que ces deux êtres méprisables avaient peut-être porté un coup fatal à son père bien-aimé.

En pénétrant dans sa chambre un matin, elle eut la surprise d'y trouver Jerome. Il se leva à son entrée.

– J'étais venu prendre des nouvelles de Sir Ashley et il a demandé à me parler.

– Je ne vois plus que le docteur, gémit le malade. Jerome m'a raconté qu'il a dû vendre certains de ses chevaux. C'est vraiment dommage.

– Non, monsieur, affirma Jerome. Soyez rassuré, j'en ai obtenu un bon prix. A présent, je vais vous laisser...

– Restez, je vous en prie, demanda Lalia. Mon père est heureux de votre visite.

Elle se retira dans la bibliothèque, désirant personnellement éviter le jeune homme, mais il la rejoignit au bout d'un moment. Elle fut contrainte de lui offrir un siège. Aussitôt installé, il expliqua :

– Votre père a bavardé avec beaucoup d'animation. Je le croyais plus affibli. Vous en revanche, vous me semblez très fatiguée.

Il l'observa, notant sa pâleur et sa nervosité.

– Alvin a toujours fait preuve d'une certaine faiblesse de caractère, mais je ne m'attendais pas à une telle conduite de sa part.

– Je... je ne souhaite pas évoquer cette affaire, jeta Lalia avec raideur, en gardant les yeux baissés sur ses mains croisées.

– Alvin n'était pas digne de vous, poursuivit cependant Jerome. Rosa l'a manipulé comme un enfant.

– Taisez-vous! Je ne veux pas en entendre davantage.

– Vous devez regarder la vérité en face, Lalia. Rosa a su éveiller chez Alvin une passion qu'il n'avait encore jamais ressentie. Vous êtes inquiète pour votre père, mais vous souffrez surtout dans votre orgueil de fiancée bafouée.

A ces mots, Lalia se leva d'un bond et cria :

– Vous êtes un insolent! Comment osez-vous me tenir des propos pareils? Sortez!

– Comme vous voudrez, fit-il en la considérant d'un air songeur. Croyez-moi, je suis désolé pour vous...

– Je n'ai que faire de votre compassion!

Il se dirigea tranquillement vers la porte et, arrivé sur le seuil, il se retourna. Lalia aurait voulu échapper à son regard pénétrant.

– En tout cas, Alvin ne vous manque pas, déclara-t-il, puis il s'inclina brièvement et quitta la pièce.

Lalia resta paralysée de stupeur. Comment avait-il deviné qu'elle n'avait pas versé une larme de chagrin sur le départ d'Alvin? Elle avait éprouvé une cuisante humiliation, de l'indignation, de la colère... mais nul regret. Jerome l'obligeait à affronter une évidence qu'elle s'était efforcée de fuir. « Je ne le recevrai plus, se promit-elle. Il ne songe qu'à semer le trouble dans mon existence déjà si bouleversée. »

Le jeune homme revint toutefois car Sir Ashley réclamait sa présence. Mme Prior avait prié les Brookford de veiller sur Kingsweir jusqu'à son retour de Londres. D'autres visiteurs se pressaient à Winterbridge, poussés avant tout par une curiosité malsaine, et Lalia les éconduisait poliment, mais avec fermeté. Dès que son père serait rétabli, elle projetait de le soustraire à l'indiscrétion de ces importuns en l'emmenant en voyage à l'étranger.

Le cœur serré, elle dut cependant finir par reconnaître que sa santé ne s'améliorait pas. Elle voyait ses forces s'amenuiser de jour en jour et résolut d'en parler avec le docteur.

– Du courage, ma chère Miss Darrencourt, déclara-t-il d'un air apitoyé. Votre père ne désire plus vivre. Il s'éteint tout doucement.

Il mourut une semaine plus tard, quittant pendant son sommeil un univers qui avait perdu tout attrait pour lui. Lalia atteignit un sommet de désespoir qu'elle n'aurait jamais cru devoir connaître, surtout si jeune. Elle se sentait absolument seule au monde. Ébranlée par le chagrin et les émotions de ces derniers temps, sa tante accusait soudain son âge. Elle était devenue une créature fragile dont Lalia ne pouvait plus attendre aucun secours.

Après l'enterrement, Mme Prior prit gentiment la jeune fille à part :

– Qu'allez-vous faire à présent, ma chère enfant?

– Je l'ignore, répondit-elle sur un ton très las. Ma tante désire quitter Winterbridge qu'elle juge peuplé de trop de souvenirs douloureux.

– Vous ne pouvez pas rester solitaire! objecta Mme Prior. Si seulement il était en mon pouvoir de vous aider! Je suis fatiguée hélas, et le médecin m'a recommandé un séjour dans le Midi de la France. Pourquoi votre père a-t-il épousé cette créature? Elle a fait perdre la tête à mon pauvre Alvin. Il vous aimait Lalia. Il ne passera pas sa vie avec elle.

– Pourquoi? Elle est libre désormais, rien ne l'empêche de l'épouser.

– Oh mon Dieu! s'exclama Prior qui n'avait pas encore songé à cette éventualité. Alors Alvin est perdu!

Quelques jours plus tard, Lady Grange et ses filles vinrent offrir leurs condoléances à Lalia.

– Nous vous plaignons, ma chère Lalia. Vous vous trouvez dans une situation terrible, déclara-t-elle.

Harriet considéra sa cousine dont la pâleur tranchait sur sa robe noire avec une rancune qu'elle ne réussissait pas à dissimuler.

– Comment Alvin a-t-il pu vous abandonner à une semaine du mariage, alors que tout était prêt, et que vous aviez même choisi vos demoiselles d'honneur? railla-t-elle, affectant un air embarrassé.

Mais Harriet ne contenait plus son désir de vengeance. Les joues en feu, elle ajouta rageusement :

– C'est peut-être une punition pour le mépris avec lequel elle nous a toujours traitées!

– Oh Harriet, voyons! implora sa sœur Nina.

– Vous me couvrez de honte! affirma Lady Grange en se levant. Venez, nous partons.

Une fois seule, Lalia sombra dans la plus profonde désolation. Tous les gens de la région partageaient sans doute l'opinion de sa cousine. Le destin venait de donner une leçon à la belle Miss Darrencourt, pour lui montrer qu'elle ne bénéficiait pas d'un traitement de faveur dans la vie. « Je ne veux plus voir personne! » gémit-elle intérieurement. « Je ne veux plus rester ici! Je dois fuir! »

Un valet annonça M. Brookford, et Lalia n'eut que le temps de se redresser car il arrivait déjà derrière lui.

– Je viens d'apercevoir la voiture des Grange. Ne me dites rien, votre visage parle pour vous. La nature humaine est sans pitié. Après elles, d'autres chercheront à vous blesser.

– J'ai décidé de partir, annonça Lalia sans regarder son interlocuteur.

– Asseyez-vous, je désire discuter avec vous, déclara Jerome d'une voix apaisante. Mme Prior étant de retour, je compte rentrer avec ma mère dans le Dorset.

Elle se laissa retomber dans son fauteuil à contrecœur et lança avec impatience :

– Est-ce pour m'apprendre cette nouvelle que vous vous êtes dérangé?

– Non, fit-il en secouant la tête, je suis venu vous demander de m'épouser.

5

Lorsque Lalia retrouva l'usage de la parole, elle s'écria :

– Êtes-vous devenu fou ou s'agit-il d'une plaisanterie de mauvais goût?

– Ni l'un, ni l'autre, répliqua Jerome, impassible. Je comprends votre étonnement. Je n'ai hélas pas le temps de vous préparer à cette proposition puisque je repars très bientôt.

– Vous êtes devenu fou, répéta Lalia. Me parler mariage, et dans de telles circonstances!

Elle porta la main à son front brûlant.

– Vous n'avez aucune raison de vouloir m'épouser.

– Oh si, j'en ai. En premier lieu, il me faut de l'argent.

Lalia écarquilla les yeux. Jamais encore elle n'avait rencontré tant d'audace. Sans se soucier de l'indignation qui se peignait sur son visage, Jerome continua :

– Mon père m'a laissé des dettes et mon domaine est à l'abandon. Si je le vends dans cet état, je n'en tirerai qu'une somme misérable. Et je dois par ailleurs trouver un moyen de financer les traitements médicaux de ma mère. Le manoir de Hildon nous procurait jadis des revenus confortables. Si je le remets en valeur, il pourra rapidement nous en fournir à nouveau.

Lalia ne répondit pas tout suite. La colère et le dégoût

l'étouffaient, et elle dut d'abord ramener un peu de calme en elle.

– On ne peut être plus clair que vous venez de l'être, déclara-t-elle sèchement. Mais êtes-vous aveuglé par votre égoïsme au point d'oublier que j'ai moi aussi mon mot à dire?

– Pas du tout.

Il étudia un instant en silence ses joues écarlates, ses yeux brillants de fureur, puis ajouta :

– Je sais combien vous souffrez. Vous avez perdu votre père que vous aimiez tendrement et vous avez été humiliée par Alvin. Si vous restez dans cette région où les gens connaissent votre triste histoire, la vie sera très dure pour vous. Je vous propose de m'épouser. Je vous offre un nom honorable et le statut respectable de femme mariée. Vous aurez par la même occasion la possibilité de vous installer à l'autre bout de l'Angleterre, et vous y vivrez comme il vous plaira. Je vous demande seulement de prendre mon nom.

– Et de vous donner ma fortune.

– En effet, acquiesça-t-il. A mon avis, nous pourrions devenir bons amis. Peut-être finiriez-vous par vous intéresser à mes affaires, j'en serais ravi. Quant à ma mère, elle vous apprécie énormément. Elle saurait vous entourer d'affection. La trahison d'Alvin vous a sans doute rendue méfiante à l'égard de l'amour. Alors mariez-vous pour avoir un soutien, pour ne pas être seule.

Lalia se leva et tendit la main à son interlocuteur.

– Au revoir, Jerome, fit-elle en s'efforçant de sourire. Vous avez probablement raison, nous pourrions devenir amis. J'éprouve une certaine sympathie pour vous, et beaucoup de reconnaissance pour le réconfort que vous avez apporté à mon père avant sa mort. Il ne peut toutefois pas être question d'une union entre nous.

Il se tint très droit en face d'elle, arborant une expression indéchiffrable. Était-il déçu? Il ne s'était tout de même pas imaginé que Lalia allait accepter un marché aussi so- de!

– Je reviendrai, annonça-t-il. Sans doute me suis-je montré trop direct. Je suis ainsi fait, hélas.

Il s'inclina et partit, abandonnant Lalia au tumulte de ses pensées. Étourdie, elle retomba dans son fauteuil. Au moins Jerome avait-il été honnête. Il souhaitait l'épouser pour son argent. Les sentiments ne jouaient aucun rôle dans son projet. Lalia ne le regrettait pas d'ailleurs. L'amour l'avait cruellement déçue et elle comptait ne plus jamais se laisser séduire par cette illusion trompeuse. Pourquoi la vie qui l'avait tant gâtée se montrait-elle soudain si impitoyable envers elle? Elle se sentait perdue.

Un valet entra pour lui annoncer l'arrivée du notaire et elle déclara :

– Introduisez-le, James, s'il vous plaît, et dites à Mme Grant de lui préparer une chambre car il restera quelques jours.

M. Ransome était un petit homme sec qui s'occupait des affaires de Sir Ashley depuis des années.

– La mort de votre père m'a causé une grande peine, fit-il en s'avançant vers elle. Veuillez accepter mes sincères condoléances.

Il s'assit dans le fauteuil que Lalia lui désigna et refusa le thé qu'elle lui proposait. Ses manières impersonnelles aidèrent la jeune fille à retrouver son sang-froid. Elle s'entretint calmement avec lui du testament de son père.

– Je voudrais vous poser une question, monsieur Ransome. Ma belle-mère peut-elle prétendre à une part du domaine ou de la fortune de mon père?

– Le testament de Sir Darrencourt lui conteste tout héritage et... étant données les circonstances, elle serait mal inspirée d'entreprendre des démarches, répondit-il en esquissant une moue désapprobatrice.

– Je vous remercie. James va vous conduire dans le bureau de mon père. Vous pourrez examiner ses papiers à loisir. Et sonnez, je vous en prie, si vous avez besoin de quelque chose.

Ce soir-là, Miss Flora refusa de descendre pour le dîner.

– Les hommes de loi m'ont toujours ennuyée, expliqua-t-elle, et puis je me sens si mal. Jamais je ne me remettrai des drames que nous venons de vivre. La fuite d'Alvin avec Rosa... La mort de mon pauvre frère... C'est trop pour moi. Une amie m'offre de m'installer chez elle à Lowestoft. Je me demande si je ne devrais pas accepter son invitation.

– Allez-y, bien sûr, un changement vous sera bénéfique, affirma Lalia tandis qu'une profonde douleur lui étreignait le cœur.

Sa tante faisait partie de son existence depuis toujours, mais elle devrait se résigner à se passer de sa chère présence. La malheureuse n'était plus que l'ombre d'elle-même.

Durant les jours qui suivirent, M. Ransome travailla sans relâche, étudiant les comptes, la correspondance et les divers documents accumulés par Sir Ashley. Miss Flora partit pour Lowestoft et l'avenir se présenta à Lalia sous les couleurs les plus sombres. Elle se souvint des paroles de Jerome : « La vie sera très dure pour vous. »

Il ne s'était pas manifesté depuis sa proposition scandaleuse. Peut-être avait-il honte de sa conduite? Mais après tout, s'était-il vraiment comporté d'une manière honteuse? Il avait exposé son projet crûment, mais sans traîtrise. Il n'avait pas parlé d'amour. Alvin, lui, s'était prétendu amoureux de Lalia... Oh non, il ne fallait plus y penser! Plus jamais elle ne croirait en de tels serments.

M. Ransome découvrit juste avant son départ une lettre que Sir Ashley avait glissée dans sa bible, probablement peu de temps avant de mourir. Elle était adressée à Lalia et le notaire la lui remit en déclarant :

– Je l'ai trouvée par hasard. Elle aurait pu rester là pendant des années.

Émue jusqu'aux larmes, Lalia courut la lire dans sa chambre. Les lignes tracées par la main affaiblie du malade se déchiffraient difficilement.

« Ne me pleurez pas, ma chère enfant. Je ne désire plus vivre. Je m'en vais, hélas tourmenté par votre avenir. Épousez M. Brookford, c'est mon ultime souhait. J'ai découvert en lui un homme bon et honorable, mille fois plus digne de vous que son cousin Alvin. Je lui ai accordé la permission de vous demander en mariage. Devenez sa femme, ma chère Lalia, avec ma bénédiction. »

La lettre s'échappa des doigts de la jeune fille et tomba par terre, tandis qu'elle s'effondrait, les jambes coupées, sur le siège le plus proche. L'arrivée d'un valet la tira de sa stupeur.

– Lady Grange et deux autres dames sont là, Mme Grey et Mme Clarkson.

Lalia serra les poings. Sous prétexte de lui témoigner leur compassion, ces créatures perfides venaient se réjouir du spectacle de son malheur.

– Dites-leur que je ne reçois pas aujourd'hui, ordonna-t-elle.

« Je hais cette région et tous ses habitants! » songea-t-elle. « Je commence même à prendre cette maison en horreur! »

Elle entendit le bruit des roues sur le gravier, puis le silence s'abattit de nouveau sur Winterbridge. Elle rangea la note de son père et quitta sa chambre. Dans l'escalier, elle croisa le domestique qui remontait pour lui annoncer la visite de Jerome.

– Dois-je lui annoncer que vous êtes sortie? s'enquit-il, supposant que sa maîtresse ne désirait voir personne.

– Non, faites-le entrer dans la bibliothèque, décida-t-elle après une brève hésitation.

Elle s'arrêta devant un miroir et étudia sa silhouette dont la robe noire accentuait la minceur. Son regard lui parut plus vif et son expression plus énergique que tous ces derniers temps. Inexplicablement et d'une façon inattendue, la vie semblait renaître en elle. Elle rectifia sa coiffure et se dirigea vers le hall.

6

Jerome se tenait devant la fenêtre quand Lalia entra. Il se retourna en entendant le bruissement de sa robe.

– Je vous trouve meilleure mine, déclara-t-il. J'ai appris que votre tante est partie.

– En effet, répondit-elle en abandonnant un instant sa main entre ses doigts fermes et chauds. Elle ne reviendra sans doute pas à Winterbridge.

– Comptez-vous rester seule ici?

– Je n'ai pas encore pris de décision. Peut-être irai-je à Londres.

Elle songeait à une lettre inattendue de M. Voizard qui lui exprimait sa sympathie avec beaucoup de tact et lui rappelait son séjour agréable dans la capitale. Mais présentement, une autre idée la préoccupait.

– Jerome, commença-t-elle en le regardant droit dans les yeux, j'ignorais que vous aviez parlé avec mon père de... de...

– De mon intention de vous épouser?

– Vous ne m'en avez rien dit...

Soudain, elle comprit pourquoi. Jerome n'avait pas voulu se servir de l'assentiment de son père pour la fléchir. Elle reconnaissait bien là une preuve supplémentaire de l'orgueil de cet homme qui souhaitait en toutes circonstances arriver sans aide à ses fins. Un caractère aussi entier entraînait des inconvénients certains. Lalia se souvint pourtant d'avoir admiré en secret dans son enfance le cousin grave et déterminé d'Alvin. Déjà à cette époque, il n'obéissait à personne d'autre qu'à lui-même. Des images remontèrent du fond de sa mémoire, amenant une gaieté involontaire sur son visage.

– Vous souriez, Lalia, nota le jeune homme. J'en suis heureux. Venez vous asseoir et parlons un peu.

Elle prit place à ses côtés et demanda timidement :

– Avez-vous de... de leurs nouvelles?

– Non. La plantation est immense, Alvin ne doit pas manquer de travail.

– Croyez-vous que Rosa est au courant de la mort de mon père?

– Elle finira bien par l'apprendre d'une manière ou d'une autre.

Lalia nouait et dénouait nerveusement ses mains sur ses genoux.

– Alvin va l'épouser, je suppose.

Pour toute réponse, Jerome se leva brusquement et se mit à marcher de long en large dans la pièce, l'air sombre. Lalia l'observa, le comparant à son cousin. Qu'ils étaient différents! Très grand et élancé, Alvin possédait un charme évident, presque voyant, qui le distinguait instantanément des autres hommes dans une assemblée. En revanche, Jerome n'attirait pas tout de suite l'attention. Ses larges épaules, son corps taillé tout en force savaient cependant l'imposer. Ses traits étaient moins beaux qu'énergiques. Le nez puissant, la mâchoire carrée, les lèvres pleines au contour net et le regard bleu, très pénétrant, témoignaient d'un tempérament particulièrement ferme.

Surprenant Lalia à l'étudier, il s'enquit soudain :

– A quoi pensez-vous?

– J'étais en train de constater que vous ne ressemblez pas du tout à Alvin, avoua-t-elle sans pouvoir s'empêcher de rougir.

– Vous n'êtes guère charitable. Je ne suis pas aussi

séduisant que lui, je le sais bien, mais jusqu'à présent, je ne suis pas encore tombé dans les filets d'une séductrice espagnole.

– Avez-vous jamais été amoureux? lança Lalia.

A ces paroles, le visage de Jerome se figea en un masque impénétrable.

– Voilà bien une question de femme! Dites-moi plutôt quand nous nous marions.

A son grand étonnement, elle éclata d'un petit rire léger.

– Ne soyez pas absurde! Je ne vous épouserai pas.

– Ne parlez pas si vite. Je serai un excellent époux et nous n'aurons pas besoin de feindre l'amour. Je ne vous demanderai jamais rien de plus que votre amitié, je vous le promets. En échange, je veillerai sur vous. Et si ma mère guérit, vous pourrez compter sur ma profonde reconnaissance.

– Vous l'aimez, n'est-ce pas? s'enquit Lalia avec douceur.

– Je n'ai qu'elle au monde, répondit-il sèchement en détournant la tête. Et elle a mené une vie de souffrance, de privation et d'angoisse. Je voudrais lui offrir une existence meilleure dans les années à venir.

« Avec mon argent », songea Lalia, mais cette fois, elle n'éprouva aucune colère à cette idée. Elle venait de découvrir la bonté que Jerome dissimulait sous ses allures sévères et brusques. Il pouvait devenir un bon mari, elle n'en doutait plus, mais pas pour elle.

Lorsqu'il la quitta, elle resta un long moment assise à la même place, laissant l'obscurité l'envelopper lentement.

Épouser Jerome lui aurait permis de fuir cette région et de bénéficier d'une protection. En outre, Mme Brookford était disposée à la traiter comme sa fille. N'était-ce pas tentant? D'autant plus que par cette union, elle contribuerait à rendre au vieux domaine négligé depuis des années, sa splendeur passée. Connaissait-elle un meilleur usage pour la fortune que lui avait léguée son père?

« Épousez M. Brookford, c'est mon ultime souhait », avait-il écrit.

Il y avait peu de temps encore, elle aurait rejeté sans l'ombre d'une hésitation la perspective d'un mariage sans amour. A présent, c'était l'amour qu'elle rejetait. La trahison d'Alvin lui en avait démontré le peu de valeur.

Pourquoi n'acceptait-elle pas l'offre de Jerome? Personne ici ne lui manifestait un attachement sincère. Seul l'attrait du scandale menait les gens jusqu'à elle. Elle se sentait prisonnière et abandonnée dans la maison hantée par de tristes souvenirs. Elle y tournait en rond. Le lendemain de son entretien avec Jerome, elle vit approcher un cavalier par la fenêtre du salon. Elle ne put se défendre d'une petite bouffée de joie en reconnaissant le jeune homme qui sautait à terre, confiait son cheval à un laquais et montait lestement le perron.

– Je vous emmène passer quelques jours à Kingsweir, déclara-t-il sans préambule. Vous ne pouvez pas rester seule ici et ma mère se réjouit de bénéficier de votre compagnie. Faites préparer vos bagages pendant que je commande la voiture.

– C'est un véritable enlèvement! s'exclama-t-elle.

– En quelque sorte, accorda-t-il.

Elle pesa un instant le pour et le contre. Jerome n'avait aucun droit d'intervenir ainsi dans sa vie. Mais qu'allait-elle devenir en ces lieux sinistres et déserts?

– Entendu, je viens, mais seulement pour une journée, décida-t-elle tout à coup.

– Nous retournons dans le Dorset lundi. Restez donc avec nous jusque là, offrit Jerome.

Nancy rassembla rapidement les affaires de Lalia et le jeune homme escorta la calèche jusqu'à Kinsgsweir où Mme Brookford accueillit chaleureusement son invitée.

– Comme je suis heureuse de vous voir, ma chère! J'étais très abattue ces derniers temps, mais votre présence va me redonner du courage.

Le soir, quand Lalia monta se changer dans sa chambre, elle trouva un bouquet de roses blanches sur la coiffeuse. La robe qu'elle revêtit était une austère toilette de deuil en soie noire sans aucun ornement. Mue par une impulsion soudaine, elle piqua l'une des fleurs sur son corsage.

Le dîner se déroula dans une atmosphère agréable et Lalia goûta une détente qu'elle n'avait pas éprouvée depuis longtemps. Après le repas, elle joua aux cartes avec Jerome et sa mère.

Le jeune homme avait prévu une promenade à cheval pour le lendemain matin et ils parcoururent tous les deux la lande qui s'étendait au sud du domaine. Le soleil brillait, promettant de la chaleur pour la suite de la journée et, tandis qu'elle galopait sur la terre verdoyante, Lalia oublia la tragédie qui venait de changer si cruellement le cours de sa vie.

L'après-midi, Jerome proposa une sortie à sa mère et à leur invitée. Dans la voiture qui les emmenait, Mme Brookford déclara :

– Je n'ai jamais approuvé les pratiques de deuil, et en particulier le port du noir. Votre père aurait-il souhaité vous voir ainsi?

Lalia secoua la tête.

– Il avait horreur de cette couleur. Il m'incitait toujours à choisir des couleurs gaies. Hélas, je dois sacrifier à la coutume.

Le temps passa avec une rapidité étonnante. Jerome semblait avoir à cœur de distraire Lalia et ils discutèrent avec entrain, s'opposant parfois, mais sans méchanceté. Lalia refusait de s'incliner devant ses affirmations catégoriques et son assurance masculine.

– Les femmes ne sont plus des objets, expliqua-t-elle. Elles commencent à tenir des rôles dans la société et le jour n'est plus très loin où elles obtiendront le droit de voter.

– M. Gladstone, notre Premier Ministre, n'est pas d'accord, remarqua Jerome en riant.

– Ce n'est pas lui qui empêchera les femmes de sortir de leur condition. Elles recevront bientôt une meilleure éducation et deviendront docteurs, avocats...

– La plupart continueront à être des mères et des épouses, glissa Jerome sur un ton ironique.

Lalia allait protester quand elle le vit sourire. Le connaissant mieux à présent, elle devinait qu'il la taquinait. Elle ne put se défendre d'un certain dépit à l'idée qu'il ne lui parlait plus de mariage. Sans doute avait-il fini par admettre son refus... et c'était mieux ainsi, s'empressa-t-elle de conclure. Elle découvrit cependant qu'il lui manquerait lorsqu'il s'en irait de Kingsweir. Elle jugeait sa compagnie de plus en plus plaisante et stimulante.

En raccompagnant Lalia à Winterbridge, il prit congé d'elle sur ces simples mots :

– Je viendrai vous dire au revoir avant de partir.

La jeune fille erra ensuite comme une âme en peine dans la vieille maison silencieuse. Elle ne s'y sentait plus chez elle.

Deux jours plus tard, Jerome pénétra dans le salon où elle s'efforçait de broder pour échapper à l'ennui.

– Nous allons donc nous séparer! lança-t-elle, émue par le réconfort qu'elle puisa dans sa chaude poignée de main. Je... je penserai à vous.

– Vous m'en voyez ravi.

– Reviendrez-vous en visite chez Mme Prior?

– Non, elle se lamente trop sur ses malheurs. D'ailleurs, je vous conseille de l'éviter. Elle adore tellement son fils qu'elle risque de finir par faire retomber sur vous la responsabilité de sa fuite.

Lalia dévisageait Jerome avec appréhension. Allait-il la quitter sans réitérer sa proposition? Comme il se dirigeait d'un pas décidé vers la porte, les paroles se formèrent d'elles-mêmes sur ses lèvres :

– Jerome, souhaitez-vous toujours m'épouser?

Il pivota sur lui-même et posa sur elle un regard scrutateur.

– Oui.
– Sans amour?
– Avec de l'amitié, de l'affection et du respect.
« Je commets une folie », songea confusément Lalia. « C'est une union impossible. Il ne s'intéresse qu'à ma fortune... Et moi, quels sont mes désirs? Je veux rompre avec le passé et trouver un soutien. »
D'une voix qui ne lui semblait pas être la sienne, elle s'entendit affirmer :
– J'ai réfléchi, Jerome. J'accepte votre proposition.

La cérémonie eut lieu dans une petite église du Dorset. Conformément à la volonté de Jerome, Lalia renonça au noir pour porter une robe gris pâle garnie de dentelle beige. Jerome lui fit remettre un bouquet de roses jaunes qu'elle hésita à prendre. Elle s'était attendue à des fleurs blanches. A vrai dire, le jaune convenait mieux en ces circonstances... C'était la couleur de l'or pour un mariage d'argent. Il n'était plus temps de revenir en arrière, Lalia avait fait son choix. Entre Jerome et elle, la situation était claire, en l'épousant, elle exauçait le dernier souhait de son père.
Au sortir de l'église, elle découvrit son nouveau domaine et le spectacle des champs abandonnés, des arbres malades, des clôtures abîmées et des maisons plus ou moins en ruine des employés la consterna.
On ne peut pas vivre dans ces taudis! s'exclama-t-elle.
– Les gens y sont contraints, hélas. Mais grâce à votre fortune, Lalia, je vais pouvoir améliorer leur condition. Regrettez-vous votre décision?
Elle considéra rêveusement son alliance. Le regrettait-elle? Après avoir observé son compagnon à la dérobée, elle affirma :
– Non, pas le moins du monde.
Sa main rencontra celle de Jerome et elle ne la retira pas.

7

– Nous ne recevrons pas de visites tant que vous serez en deuil, mais j'ai fait une exception pour les Overton. Ce sont de vieux amis que vous apprécierez sûrement, expliqua Mme Brookford à Lalia. Mme Overton est la bonté même et peut-être sympathiserez-vous avec ses deux filles. Quant à M. Overton, diplomate à la retraite, il a confié la direction de son domaine à son fils Malcolm.

– Je serai heureuse de faire leur connaissance, répondit Lalia.

Depuis son mariage, les journées s'écoulaient comme dans un rêve. Malgré sa vétusté, le manoir de Hildon possédait un charme indéniable. Il ne pouvait soutenir la comparaison avec la demeure majestueuse de Winterbridge, mais ses petites pièces romantiques semblaient toujours gaies et ensoleillées. Bien que négligés, les jardins attiraient plus Lalia que le parc soigneusement entretenu de son ancien foyer. Elle se promenait inlassablement par les sentiers couverts de mousse, respirant le parfum entêtant des roses ou écoutant les oiseaux. « J'ai bien fait d'épouser Jerome », songea-t-elle. « Je me sens bien ici. »

Sur les conseils de M. Ransome, elle avait loué Winterbridge à une riche famille d'Américains. Mme Grant et James l'avaient suivie dans le Dorset et ils s'adaptaient très bien à leur nouvelle vie.

Lalia voyait assez peu Jerome. Il partait de bon matin et

revenait tard, après avoir passé des heures avec son régisseur, ses fermiers et ses employés. Lalia et lui ne se comportaient pas comme de jeunes mariés, mais Mme Brookford ne s'était jamais permis la moindre réflexion. Elle avait en outre abandonné de très bonne grâce à Lalia la responsabilité de la maison.

Mme Prior n'était pas encore rentrée à Kingsweir, comme en témoignait sa lettre venant de Londres. Elle se disait scandalisée que Lalia se fût mariée en période de deuil et en oubliant si vite son amour pour Alvin. Lalia ignorait-elle donc, glissait-elle méchamment, que Jerome l'avait seulement épousée pour son argent? Le texte se terminait sur une violente accusation, Mme Prior reprochant à la jeune fille de n'avoir pas su tenir en échec la perfide Rosa et garder son fils.

Ainsi Jerome avait raison! Conformément à ses prévisions, dans son chagrin, Mme Prior finissait par se retourner contre Lalia. Ce fut pour elle une raison supplémentaire de se féliciter d'avoir quitté Winterbridge.

Dès leur première visite, les Overton gagnèrent sa sympathie. Mme Overton manifesta beaucoup d'intérêt à son égard tout en restant très discrète. Elle déclara aimablement :

– J'ai appris que vous montez volontiers à cheval, comme ma fille aînée.

– Malheureusement, mon frère Malcolm n'a jamais le temps de se promener avec moi, ajouta Violet sur un ton de regret.

Lalia éprouva d'emblée de l'amitié pour cette charmante personne brune aux yeux vifs et aux manières douces. Moins jolie, sa sœur Fanny se distinguait par un air très effronté.

Lorsque Lalia évoqua les visiteuses ce soir-là, Jerome affirma :

– J'étais sûr que la famille Overton vous plairait. Violet est très gentille sans manquer de caractère. Fanny est hélas une petite sotte en mal de conquêtes et elle ne tardera pas à donner des soucis à ses parents.

– A-t-elle essayé de vous séduire? s'enquit Lalia en regardant pensivement son mari caresser l'épagneul couché à ses pieds.

– Oui, accorda-t-il avec un sourire. Mais elle s'est heurtée à un mur.

– Il lui a tout de même fallu du courage pour faire une telle tentative! railla Lalia.

– Vous jugez que je n'en vaux pas la peine. Sans doute avez-vous raison. Je n'ai guère de succès auprès des femmes.

Avait-il déjà été amoureux? Lalia se souvint de lui avoir posé la question et d'avoir vu son visage se figer en un masque indéchiffrable. L'ombre d'une passion contrariée hantait-elle son passé?

Relevant les yeux, elle le surprit à l'observer.

– Êtes-vous heureuse? s'enquit-il tout à coup. Ne vous gênez pas, dites-moi la vérité.

Elle resta un instant songeuse.

– Et si je vous confiais que je regrette de vous avoir épousé et que je suis profondément mécontente de mon sort?

– Je ne vous croirais pas. Il y a longtemps que je ne vous ai vue aussi détendue, mais je ne peux plus supporter vos toilettes noires et grises.

– Je ne les aime pas plus que vous, avoua-t-elle. J'ai l'intention de me faire faire une robe bleu foncé.

– Ce sera déjà mieux, reconnut Jerome. J'attends toutefois avec impatience le jour où vous porterez du rose.

– C'était la couleur favorite de mon père, murmura-t-elle. J'ai gardé la robe rose qu'il préférait à tous mes autres vêtements.

– Mettez-la ce soir, je vous en prie, fit Jerome.

Il laissa tomber les épaules, comme sous le poids d'une grande fatigue, et ajouta :

– Je dois vous quitter à présent, pardonnez-moi. J'ai rendez-vous avec le chef de mes bergers, car je compte repeupler les collines de Hildon avec des moutons comme elles l'étaient jadis.

– Vous n'avez pas cessé de travailler depuis ce matin! protesta Lalia.

– Je vous remercie de l'avoir remarqué. Cette preuve d'attention digne d'une épouse me touche.

Il lui prit le menton et approcha son visage du sien.

– Vous étiez une enfant délicieuse et vous êtes devenue une jeune femme ravissante. Je m'estime comblé. Nous sommes amis, n'est-ce pas?

– Oui, répliqua-t-elle d'une voix ferme en soutenant son regard. Puis-je vous accompagner quand vous visiterez vos employés dans leurs logements?

– Naturellement. J'ignorais que vous vous intéressiez à leurs problèmes.

– Peut-être ne me connaissez-vous pas encore assez, déclara-t-elle.

Mais elle-même, connaissait-elle bien cet homme secret qu'elle avait épousé dans des circonstances si particulières?

Les Overton vivaient à Stonewell Court, une belle résidence moderne. Du landau ouvert, Lalia admira les jardins magnifiques qui l'entouraient, et le petit lac bleu qui brillait au milieu des pelouses. A l'heure du thé, un jeune homme se joignit à Mme Overton et à ses filles.

– Voici mon fils, Malcolm, annonça Mme Overton avec des accents de fierté maternelle.

– J'ai dit à mon frère que vous acceptiez de monter à cheval avec moi, glissa Violet. Lui n'a jamais de temps pour m'accompagner.

Malcolm fixait Lalia avec intensité et, rougissant légèrement, il lança :

– Je ne suis pas tellement occupé. Si Mme Brookford le permet, je viendrai volontiers avec vous.

– Grands dieux, quel événement! s'exclama Violet.

– Vous êtes le bienvenu, affirma Lalia qui s'amusait en

son fort intérieur du comportement du jeune homme.

L'admiration non déguisée qu'elle lisait dans son regard et sa soudaine disponibilité pour des promenades qu'il avait toujours refusées à sa sœur la flattaient. Elle apprécia d'emblée les manières franches de ce personnage élégant et agréable qui était aussi sensible à sa beauté.

Lorsqu'elle partit, il l'accompagna jusqu'au landau et convint d'un rendez-vous pour le lendemain.

« Aurais-je dû me montrer plus réservée? » se demanda Lalia sur le trajet du retour. « Pourquoi repousserais-je un jeune homme aussi sympathique? Je n'ai aucune intention malhonnête. »

Le lendemain, elle parcourut à cheval les trois kilomètres qui séparaient le manoir de Hildon de Stonewell Court. Ensuite, durant la matinée, Violet et Malcolm se révélèrent de merveilleux compagnons. Prétextant des affaires au village, Malcolm escorta Lalia jusque chez elle. Dès qu'ils eurent quitté Violet, il lui annonça :

– Nous aurons un invité de marque la semaine prochaine, un Français qui a beaucoup voyagé et que mon père a rencontré à l'ambassade à Paris. Il se nomme M. Voizard.

– M. Voizard! J'ai fait sa connaissance à Londres! s'écria Lalia.

– Et que pensez-vous de lui?

Était-ce possible? Lalia crut discerner une note de jalousie dans la question de Malcolm. Bien que mariée et nullement disposée à trahir la confiance de Jerome, ces hommages spontanés lui mettaient du baume au cœur.

Le sourire aux lèvres, elle gravit le perron du manoir. Elle fut étonnée de se trouver tout à coup face à face avec Jerome. D'ordinaire, il était absent à cette heure.

– Êtes-vous satisfaite de votre sortie? questionna-t-il.

– Très satisfaite, répondit-elle en ôtant son chapeau et en secouant ses boucles blondes. Malcolm Overton nous a accompagnées, Violet et moi. Il est charmant. Les Overton vont recevoir la visite d'un M. Voizard que j'ai connu à Londres durant mon dernier séjour avec Mme Prior. Quelle coïncidence!

– Vous compterez un admirateur de plus, fit Jerome en fixant sur elle un regard perçant.

– Que me chantez-vous là? fit-elle avec légèreté.

– C'est bien la première fois que le jeune Malcolm néglige son travail pour se promener, expliqua-t-il sur un ton sec. Prenez bien soin de tenir tous vos soupirants à distance.

Lalia releva fièrement le menton.

– Et si je décidais de les encourager?

– Je saurais vous en empêcher, répliqua-t-il d'une voix neutre, puis il descendit vivement les marches et prit les rênes du cheval que lui présentait un valet.

Lalia le suivit des yeux jusqu'au moment où il disparut au tournant de l'allée. Il avait plaisanté bien sûr. Leur mariage était un simple arrangement et elle restait libre de ses actes.

En jetant sa cravache sur son lit, elle se dit qu'elle entendait conserver sa liberté. Quant à Malcolm Overton, s'il s'était si vite épris d'elle, il ne lui faudrait pas plus de temps pour l'oublier. M. Voizard, lui n'était qu'une relation. « Je sais quels sentiments je lui inspire et j'en suis flattée. L'affaire s'arrête là. »

S'arrêtait-elle vraiment là? Lalia se rappela soudain avec plaisir le beau français à la conversation brillante et aux manières raffinées qui lui avait fait si adroitement la cour. A la perspective de le revoir, Lalia sentit une certaine impatience l'envahir.

8

L'invitation à dîner des Overton causa une surprise agréable à Lalia.

« Il s'agit d'une réunion tout à fait intime, écrivait Mme Overton dans son petit mot. Seul un ami de mon mari, M. Voizard, se joindra à nous. Mes filles le trouvent fascinant. »

Le soir vint et Lalia se sentit gagnée par une étrange excitation. Elle souffrait encore de la disparition de son cher père, mais il n'aurait pas voulu la voir vivre en recluse, refusant tous les plaisirs, pour le pleurer. Quant à Alvin, il ne méritait même pas qu'elle se souvînt de lui.

Aussi, lorsque Minnie, sa nouvelle femme de chambre, lui suggéra de porter ses boucles d'oreilles en diamant, elle ne résista pas à la tentation. Grâce à ces deux pierres scintillantes qui associaient leur éclat à celui de ses yeux d'un bleu limpide, de ses joues rosies par l'émotion de revoir M. Voizard, et de ses cheveux brillants, savamment relevés, son visage irradiait. S'examinant dans la glace, elle se souvint soudain qu'elle était une femme jeune et belle, faite pour vivre avec fougue et passion.

Elle avait revêtu une robe en satin blanc dont les manches et la basque, formant une courte traîne, étaient bordées de franges argentées. Un ruban noir rappelait son deuil récent et soulignait la finesse de sa taille. Elle ne put s'empêcher d'adresser un sourire à son ravissant reflet.

Losqu'elle descendit, Jerome la contempla un instant sans rien dire. Il semblait saisi.

– Vous avez l'air d'une... mariée, fit-il enfin.

– Dois-je me changer? Ai-je eu tort? questionna-t-elle avec inquiétude. J'aurais peut-être dû choisir une toilette foncée ou...

– Non! lança-t-il presque brutalement. Quittez donc le deuil... à moins que vous ne le portiez à cause de notre mariage.

– Aimez-vous cette robe? demanda-t-elle coquettement sans relever les dernières paroles de Jerome.

– Elle est très belle, affirma-t-il en l'entraînant vers la porte.

Rêveuse, elle songea avec une pointe de regret combien elle aurait aimé recevoir des compliments plus enthousiastes.

C'était une belle soirée et les parfums du jardin pénétraient dans la demeure des Overton par les fenêtres ouvertes. Lalia salua son hôte et son hôtesse, puis elle se dirigea vers l'homme élégant qui lui avait laissé un souvenir si plaisant.

– Je suis enchanté, déclara M. Voizard. Je ne m'attendais pas à avoir la chance de vous retrouver dans le Dorset. Lors de notre dernière rencontre, vous étiez seulement fiancée et je viens d'apprendre que vous êtes mariée à présent.

– Oh mais je...

Lalia s'interrompit, jugeant tout à fait inutile de dévoiler la trahison d'Alvin. Mieux valait laisser croire à M. Voizard qu'elle avait été fiancée avec Jerome.

Il perçut son embarras et ajouta très vite :

– Je suis heureux de faire la connaissance de votre mari. Vous habitez dans le voisinage, je suppose. M'autorisez-vous à vous rendre visite?

– Naturellement.

Ils devisèrent ensemble jusqu'au dîner pour lequel Mme Overton les plaça côte à côte. Assis en face d'eux,

Malcom arborait une mine sombre et le regard qu'il posait sur M. Voizard était parfois courroucé. Lalia s'en amusa intérieurement mais, quand elle vit dans les yeux de Jerome une lueur cruellement ironique, elle en fut si troublée qu'elle dut se cacher un petit moment derrière son éventail.

Après le repas, M. Voizard suivit encore Lalia dans le salon et Violet se joignit à leur conversation.

– Monsieur Voizard se prétend meilleur cavalier que moi, expliqua-t-elle, aussi lui ai-je lancé un défi. Nous ferons une course demain matin. Accepteriez-vous de nous accompagner, madame Brookford? Vous seriez notre arbitre.

Lalia acquiesça aussitôt et, quelques instants plus tard, Mme Overton appela M. Voizard. Violet en profita pour chuchoter à l'oreille de sa nouvelle amie :

– Vous avez fait une conquête. Ma sœur ne vous le pardonnera pas. Elle s'est entichée de ce beau Français. N'oubliez surtout pas notre rendez-vous demain.

Dans la voiture qui les ramenait au manoir de Hildon, Jerome demanda à sa femme :

– Quel rendez-vous avez-vous avec Violet?

– Elle a prévu une course à cheval avec M. Voizard et m'a priée de leur servir d'arbitre.

– C'est une idée ridicule. Vous n'irez pas.

Lalia se tourna vers son mari mais, dans l'obscurité, elle ne put discerner son expression.

– Je me suis engagée, protesta-t-elle.

– Tant pis, fit-il sur un ton sec. M. Voizard vous a entourée de trop d'attentions ce soir. Si vous le voyez de nouveau demain, les gens risqueront de s'étonner.

– Les gens! Lesquels? Si vous songez aux Overton, je suis sûre qu'ils n'ont rien trouvé de mal au comportement de leur invité.

– Je préfère que vous restiez au manoir demain, s'obstina Jerome.

Dans un mouvement de colère, Lalia s'exprima soudain avec vivacité :

– Jerome, n'oubliez pas que nous avons conservé notre liberté malgré notre mariage. Vous semblez ne pas avoir confiance en moi... et j'en suis très fâchée. Ne vous formalisez donc pas de l'admiration non déguisée que me témoigne M. Voizard. Les Français ne sont pas aussi réservés que les Anglais, mais leur galanterie ne porte pas à conséquence.

– Je ne veux pas que vous sortiez demain, déclara encore Jerome, refusant de discuter.

Lalia se laissa aller en arrière contre les coussins de la voiture. Elle tremblait. De quel droit Jerome lui interdisait-il une promenade innocente avec Violet et le Français? Cette intrusion dans ses distractions ne correspondait pas à leurs conventions. Elle garda un silence boudeur durant le reste du trajet et quitta rapidement Jerome après lui avoir adressé un bref « bonne nuit » dans le hall. Un tel désaccord se produisait pour la première fois entre eux et elle en concevait de la gêne. Elle était toutefois décidée à ne pas céder.

Lorsqu'elle descendit le lendemain, Jerome était déjà parti. Elle demanda sa jument et apprit que, sur les ordres de son mari, un valet l'avait montée pour se rendre au village. Indignée, elle convoqua le responsable des écuries. Déjà vêtue de sa tenue d'équitation, elle lui ordonna sur un ton sans réplique :

– Sellez Blackie, je vous prie.

– Mais... Blackie est le cheval du maître, tenta d'objecter l'homme. C'est un animal très difficile.

– Je n'ai pas peur. Amenez-le-moi immédiatement, Simpson.

– Que va dire mon maître? lança-t-il avec un air affolé.

– Ne vous inquiétez pas, assura tranquillement Lalia, ferme dans sa résolution de prouver à Jerome qu'elle comptait continuer à agir à sa guise.

Elle fut tout de même saisie d'une petite hésitation à la vue du cheval particulièrement imposant qui grattait avec impatience le sable de l'allée. Elle chassa vite ses craintes, se jugeant capable de le dominer. Simpson ne parvenait pas en revanche à cacher son inquiétude.

– Ce n'est pas prudent, Madame. Ne le contrariez surtout pas, soyez très attentive à son humeur.

– Ne craignez rien, Simpson, fit-elle avec un sourire.

Blackie se comporta avec une docilité parfaite et elle ne tarda pas à se détendre. Bientôt, elle se sentit même fière de réussir si aisément à le monter et d'avoir tenu tête à Jerome.

Violet et M. Boizard l'attendaient. Le regard lumineux que le Français posa sur elle lui causa un frisson de plaisir.

– Voici une très belle femme sur un superbe cheval, murmura-t-il en s'approchant d'elle.

– Mais c'est Blackie! s'exclama Violet. Jerome prétend qu'il est très dur à maîtriser. Etes-vous autorisée à le prendre?

– Bien sûr. Il m'obéit au doigt et à l'œil. Allons à Cleve Hill et vous pourrez faire votre course.

Tout en gagnant les collines verdoyantes, Lalia se promit de ne pas rester absente trop longtemps. Elle prit brutalement conscience de son changement d'attitude. Elle avait quitté le manoir en se félicitant de sa réaction hardie, et elle souhaitait maintenant rentrer avant son mari, et ramener Blackie à l'écurie en ordonnant à Simpson de garder le secret de sa sortie. Un sentiment de culpabilité remplaçait son indignation. Jerome risquait d'être non seulement mécontent en apprenant son escapade avec M. Voizard, mais surtout furieux qu'elle eût sorti Blackie.

– Vous paraissez soucieuse, remarqua M. Voizard à ses côtés, et elle s'arracha à ses pensées pour lui sourire.

– Oh non, je suis très heureuse. Regardez, ce matin sous le soleil, la mer ressemble à une coupe remplie de diamants.

Ils se dirigèrent sans hâte vers le rivage. Blackie commença à donner des signes d'impatience et Lalia eut du mal à l'empêcher de s'emballer. Violet s'écria tout à coup :

– Le premier qui arrivera au bout de cette prairie aura gagné, monsieur Voizard! Retenez bien Blackie, madame Brookford, sinon il voudra nous suivre.

Les deux cavaliers partirent au galop. Le petit voile de Violet flottait derrière elle. M. Voizard aurait pu l'emporter aisément sur la jeune fille, mais il ne pressait pas sa monture, désirant sans doute perdre par galanterie.

Tandis que Lalia les observaient, des frémissements parcoururent soudain le corps de Blackie. Il se mit à piétiner sur place, puis il hennit et rua si brutalement que Lalia manqua de tomber. Il ne supportait pas de rester immobile pendant que d'autres chevaux couraient. Lalia tenta de le calmer mais elle n'existait plus pour l'animal fougueux, impatient de dépenser ses forces. Il se lança subitement en avant avec une violence inouïe. Impuissante, Lalia avait une seule préoccupation : ne pas se laisser désarçonner. Les sabots heurtaient le sol avec un bruit de tonnerre qui alerta Violet et M. Voizard. Lalia entendit son amie pousser un cri tandis que le Français hurla lorsqu'elle le dépassa à toute vitesse :

– Attention!... Arrêtez-le!

Mais Lalia n'exerçait plus aucune influence sur l'étalon déchaîné. Comme emportée par un ouragan, elle continua sa folle chevauchée. Et puis arriva l'instant où elle crut s'envoler... glisser interminablement... et ce fut l'obscurité totale.

9

Du brouillard... une voix celle de Violet, qui disait :

– Oh monsieur Voizard, est-elle gravement blessée?

– Je ne le pense pas.

– Elle n'aurait jamais dû monter ce cheval. Où donc M. Brookford a-t-il la tête? Allez chercher du secours. Je reste auprès d'elle.

En ouvrant les yeux, Lalia découvrit le visage anxieux de Violet penché sur elle. Le voile s'estompa, mais la douleur persista, indiquant de nombreuses contusions.

– Jerome ignore que je suis partie avec Blackie, murmura-t-elle d'une voix faible... Où est-il?

– Après avoir failli vous tuer, il a pris au galop la direction du manoir de Hildon, répondit M. Voizard sur un ton qui trahissait son émotion. Je vais...

– Regardez, on vient vers nous! lança Violet, interrompant son compagnon. En rentrant seul, Blackie a sans doute donné l'alerte.

– C'est votre mari, annonça M. Voizard. Ne bougez pas.

– Je... je ne suis pas blessée, balbutia Lalia. Aidez-moi à me lever!

– Restez tranquille, supplia Violet.

Mais Lalia s'obstina à se redresser en s'appuyant sur M. Voizard.

Jerome les rejoignit, suivi de deux valets et de Simpson, et il sauta vivement à bas de son cheval.

– Que s'est-il passé? Souffrez-vous beaucoup Lalia? Voulez-vous que j'envoie chercher une voiture?

– Non, je peux tenir sur une selle, affirma-t-elle en évitant son regard.

– Blackie n'est pas un cheval pour une femme, glissa Violet. J'étais inquiète lorsque j'ai vu Mme Brookford arriver sur lui.

– Peut-être n'en avait-elle pas d'autre à sa disposition ce matin, suggéra M. Voizard d'une voix conciliante. Elle a de la chance. Je crois qu'il y a plus de peur que de mal. Si je peux vous aider...

– Non, je vous remercie, coupa sèchement Jerome. Venez, Lalia. Essayez de monter sur votre jument.

Le trajet du retour fut long et pénible. A chaque secousse, Lalia grimaçait de douleur. Jerome resta auprès d'elle, tenant les rênes de sa monture à sa place. Simpson et les deux valets les suivaient. Lorsqu'ils eurent atteint la maison, Jerome porta sa femme jusqu'à l'entrée où les attendait Mme Grant.

– Oh la pauvre enfant! s'écria-t-elle.

– Elle n'a rien de grave, assura Jerome, mais, par précaution, je vais faire venir le docteur Green.

Mme Grant et Minnie la déshabillèrent, puis la mirent au lit. Ses pensées menèrent une ronde infernale dans son esprit, l'empêchant de se reposer. Jerome était fâché, très fâché. Habituée depuis toujours à agir à sa guise Lalia n'avait pas voulu céder. En partant avec Blackie, elle s'était pourtant mise dans son tort. A qui la faute? Rien n'autorisait Jerome à s'opposer à ses sorties. Il n'avait pas non plus le droit de s'emporter contre elle à présent. Mais, en dépit de ce beau raisonnement, comment oublier l'éclat dur de son regard et le pli sévère de sa bouche?

Le médecin se borna à conseiller à Lalia de garder le lit quelques jours. Mme Brookford se dévoua gentiment pour lui tenir compagnie alors qu'elle était elle-même en proie à de cruelles souffrances.

– Ma chère belle-maman, lui dit soudain Lalia, je

souhaite vous conduire à Londres pour consulter ce célèbre médecin autrichien qui fait des miracles pour les rhumatismes. M. Voizard m'en a encore récemment chanté les louanges.

– Je me suis résignée à mon sort, répliqua-t-elle sereinement. Ne vous inquiétez pas pour moi.

– Pourquoi ne pas essayer? insista Lalia en changeant de position dans son lit pour soulager son corps meurtri.

Elle eut pitié de sa belle-mère qui endurait des douleurs continuelles et elle se promit d'en parler à Jerome... Mais Jerome se montrait inaccessible. Lorsqu'il venait à son chevet, il se contentait de rester un moment debout auprès d'elle, immobile, le visage dénué de toute expression. Il lui commandait de boire tel ou tel remède et repartait. Il attendait sans doute qu'elle fût rétablie pour laisser éclater sa colère.

Des brumes matinales et de petits vents piquants venus de la mer annonçaient la fin de l'été. Des affaires avaient appelé Jerome à Londres et, de la fenêtre du salon où elle était descendue pour la première fois depuis son accident, Lalia assista à son retour en éprouvant des émotions mêlées. Ses pas décidés résonnèrent dans le hall, sa voix retentit, lançant des ordres à James, puis il entra. Lalia sentit son cœur battre plus fort.

– Comment allez-vous aujourd'hui? s'enquit-il en prenant sa main dans les siennes. Je vous trouve encore un peu pâle.

– Je vais très bien, je vous remercie. Etes-vous satisfait de votre voyage?

– J'ai horreur des grandes villes, mais j'ai mené mes démarches avec succès. Les travaux que j'ai prévus pourront commencer sans délai. Comment se porte ma mère?

– Elle souffre beaucoup. J'aimerais l'accompagner à Londres pour qu'elle y suive le traitement du docteur Helmer. Persuadez-la d'accepter, je vous en prie.

Il acquiesça d'un signe de tête.

– Entendu. Le plus tôt sera le mieux. D'ailleurs, pendant la période de restauration du manoir il est préférable que vous n'y restiez pas.

Arrivé à la porte, il se retourna et fixa sur elle un regard pénétrant. Frémissante d'appréhension, elle attendit ses paroles.

– Le charmant M. Voizard ne cache pas assez l'admiration qu'il nourrit pour vous, déclara-t-il tranquillement. Vous avez sans doute cru pouvoir contrôler cette admiration... comme vous pensiez pouvoir contrôler Blackie.

Lalia ouvrit de grands yeux.

– Jerome vous n'êtes pas jaloux, n'est-ce pas?

– Oh non, soyez sans crainte! fit-il dans un éclat de rire. Je ne suis pas jaloux de vous, mais de la réputation de ma femme. Nous avons conclu un marché, souvenez-vous. Vous vous êtes engagée à vous comporter aux yeux des gens en épouse respectable.

– Mais cela va de soi, assura-t-elle.

Elle hésita et ajouta tout à coup :

– Je... je n'aurai pas dû monter Blackie mais... vous n'auriez pas dû me priver de ma jument.

– C'est exact, conclut-il contre toute attente. J'ai eu tort de croire que vous vous avoueriez vaincue. Ce n'est guère dans votre tempérament. Mais vous avez été suffisamment punie. Oublions cet incident.

Il la quitta sur un sourire moqueur et Lalia en conçut une certaine déception. Elle s'était préparée à de violents reproches, à des menaces, et Jerome la traitait en enfant.

Le lendemain, Mme Brookford annonça à Lalia qu'elle acceptait de se rendre à Londres. Jerome les accompagna, leur loua un appartement et prit contact avec le docteur Helmer. Au moment de repartir pour le Dorset, il garda un moment la main de Lalia entre les siennes et déclara :

– Je vous confie ma mère, en vous remerciant d'avoir tellement à cœur sa santé. Quel effet cela vous fait-il de penser un peu moins à vous et un peu plus aux autres?

Blessée, Lalia tenta de retirer sa main et protesta :
– Vous êtes odieux!
– Peut-être. La vérité est rarement agréable à entendre. Votre père et votre tante vous ont trop gâtée depuis votre naissance. Ce n'est pas entièrement votre faute si vous êtes...
– Futile, égoïste et cruelle! compléta-t-elle, les yeux étincelants d'indignation.
Il éclata d'un rire moqueur qui mit le comble à sa rage.
– Ne désespérez pas, ma chère épouse. Vous êtes déjà très en progrès.
Se penchant pour déposer un baiser sur sa joue, il déclara encore :
– Soyez sage sinon je vous ramènerai au manoir.
Après le départ de Jerome, elle resta un moment immobile, le regard perdu dans le vague. Elle sentait encore la chaleur de ses lèvres sur sa peau satinée. Il ne l'avait pas embrassée depuis le jour de leur mariage. S'arrachant soudain à ses rêveries, Lalia se leva et rejoignit Mme Grant qui, avec Minnie et un valet, l'avaient suivie à Londres.
Le surlendemain, le docteur Helmer examina Mme Brookford et se montra très optimiste.
– S'il pouvait avoir raison! soupira la malade sur le trajet du retour.
Lalia décida d'écrire immédiatement à Jerome pour l'informer de l'avis du médecin. A peine avait-elle commencé sa lettre que Mme Grant apparut. Elle semblait embarrassée et annonça :
– M. Voizard.
Lalia se retourna d'un bloc et aperçut le Français. Son apparition lui causa un vif plaisir. Elle repoussa son écritoire et se dirigea vers lui.
– Monsieur Voizard! J'ignorais que vous vous trouviez de nouveau dans la capitale!
– Pensiez-vous que j'allais rester dans le Dorset alors que vous êtiez ici?

10

Mme Brookford se rendait trois fois par semaine à la clinique du docteur Helmer pour suivre son traitement. Très vite, elle commença à en ressentir les bienfaits.

Entre les séances, pendant que sa belle-mère se reposait, Lalia allait faire des courses, visitait des expositions ou des musées, et se promenait dans la voiture que Jerome avait louée pour elle. Elle ne songeait pas à renouer avec ses anciennes relations.

Seul M. Voizard passait souvent la voir, veillant à ne jamais venir en l'absence de Mme Brookford. Il se comportait d'une manière irréprochable et Lalia éprouvait cependant une impression confuse d'insécurité. M. Voizard possédait un charme indéniable et il savait en user. Il s'entendait à séduire une femme, à l'envoûter si subtilement qu'elle risquait de succomber peu à peu sans y prendre garde. Jamais Lalia n'avait rencontré un homme aussi dangereusement attirant.

Un matin, elle le croisa alors qu'elle traversait le parc voisin de son appartement et il lui demanda :

– Me ferez-vous l'honneur de m'accompagner chez un ami peintre qui organise une petite réception pour nous présenter ses tableaux en avant-première d'une exposition?

Son regard admiratif remonta de la robe lavande de Lalia à son chapeau orné d'un ruban.

– Oh non, monsieur Voizard, c'est impossible! répondit-elle, sa voix trahissant un léger regret.

– Il s'agit d'une distraction très innocente, chère madame, insista-t-il. Il y aura très peu de gens et personne ne vous connaîtra.

– Je regrette, déclara Lalia. Ma belle-mère serait contrariée si j'acceptais.

Avec un soupir, elle songea aux longues soirées qu'elle ne savait comment employer quand Mme Brookford la quittait pour aller se coucher.

– Est-il indispensable de mettre votre belle-mère au courant? s'enquit M. Voizard.

La question prit Lalia au dépourvu et elle fronça les sourcils. Le Français ajouta tranquillement :

– Dites-lui donc que vous vous rendez chez une vieille amie. Un si petit mensonge ne fera de mal à personne. Londres est une ville passionnante. Quel dommage que vous restiez toujours enfermée, vous qui êtes belle, jeune et pleine de vie! Madame, je vous supplie de réfléchir encore... et vous m'avertirez de votre décision.

Lalia secoua la tête et ordonna au cocher de repartir. Les paroles de M. Voizard la poursuivirent hélas, provocantes et tentatrices.

Se rendre chez ce peintre ne constituait pas un crime, raisonna-t-elle. Elle s'intéressait beaucoup à l'art et se réjouissait de rencontrer un artiste en privé. Elle était indécise. Le soir même, elle annonça à sa belle-mère :

– Je suis invitée chez un peintre, mais je n'irai probablement pas.

Mme Brookford posa sa broderie sur ses genoux et leva les yeux.

– Pourquoi, ma chère? Je comprendrais mal que vous assistiez à un bal ou à une pièce de théâtre, mais vous ne devez pas vous refuser toutes les sorties. Vous passez ici trop de journées solitaires.

Contrairement à l'attente de Lalia, elle ne lui demanda pas de qui elle tenait cette invitation. Elle l'attribuait sans doute à une ancienne relation ou à une amie. Peut-être même n'aurait-elle pas condamné cette distraction si elle avait su qu'elle était offerte par M. Voizard. Elle éprouvait une grande sympathie à son égard. Le cœur battant, Lalia rédigea un billet à son intention.

Jerome la désapprouverait, elle ne l'ignorait pas. Heureusement, il n'était pas informé de la présence de M. Voizard à Londres. Lalia ne lui avait pas parlé de lui dans ses lettres et, lorsqu'elle écrivait sous la dictée de sa belle-mère qui souffrait de rhumatismes dans les mains, elle omettait les passages concernant le Français.

Mme Brookford ne s'en était jamais aperçu.

En guise de réponse à son billet, elle reçut un bouquet de roses qu'aucune carte n'accompagnait. M. Voizard se présenta le lendemain matin et il profita d'un moment en tête-à-tête avec Lalia pour lui glisser :

– Je vous enverrai ma voiture à 9 heures.

– Si tard!

– C'est très tôt pour les Londoniens.

– Je ne peux pas rester absente longtemps.

– Naturellement. Vous partirez dès que vous le souhaiterez.

Lalia ne s'habillait pas encore de couleurs claires. D'ailleurs, loin de la désavantager, la robe améthyste qu'elle choisit mit en valeur son teint. Elle était consciente de sa beauté lorsqu'elle retrouva M. Voizard.

– Vous êtes éblouissante! s'exclama-t-il en posant la main sur son bras nu sous la cape. Aucun homme ne peut vous résister. Mon ami n'aura plus d'autre désir que d'exécuter votre portrait.

Feignant d'ignorer la pression brûlante de ses doigts, Lalia éclata d'un rire léger. L'espace d'une seconde pourtant, elle fut en proie à une vive perplexité. Était-elle imprudente? Pouvait-elle vraiment garder la tête froide en compagnie d'un homme si séduisant?

Elle se laissa guider dans un salon dont les murs étaient couverts de tableaux. M. Roche, le peintre, s'inclina profondément devant elle. Lalia compta une quinzaine de personnes dans la pièce.

Claude Voizard ne la quitta pas un instant. Il la présenta aux autres invités, la suivit jusqu'au buffet, l'encourageant à goûter les vins de son ami. Dans cette assistance brillante, spirituelle, au milieu de ces hommes qui murmuraient des propos élogieux sur son passage, Lalia fut gagnée par une exaltation aussi enivrante que le liquide vermeil qui miroitait dans son verre. Elle se sentait revivre après son existence monotone du Dorset et ses interminables soirées en solitaire à Londres.

Elle en oublia l'heure et lorsqu'elle y songea soudain, elle ramassa hâtivement sa traîne et s'écria :

– Mon Dieu, je ne savais pas qu'il était si tard! Je dois absolument rentrer!

– Je vous accompagne, déclara M. Voizard.

Il l'entraîna au-dehors, sous le ciel étoilé, et lui demanda d'une voix caressante :

– Êtes-vous satisfaite de votre sortie?

– Enchantée. M. Roche a du talent et j'ai vraiment admiré ses œuvres.

– Et moi, je vous admire vous, plus que toutes les autres femmes, plus que tous les tableaux du monde. Lalia, il faut que je vous parle! Permettez-moi de monter jusqu'à votre appartement, rien qu'une minute, je vous en conjure!

– Oh non, vous n'y pensez pas!

– Auriez-vous peur? Manquez-vous de confiance en moi... ou en vous? Je vous croyais plus courageuse, Lalia.

Elle hésita. Par son ambiguïté même, la situation la séduisait et le risque la rendant hardie, elle acquiesça finalement :

– Bien... mais rien qu'une minute.

Il pénétra derrière elle dans le salon et lorsqu'elle se tourna vers lui, il l'emprisonna soudain dans une étreinte fougueuse. Elle n'eut pas le temps de se débattre. Déjà, il s'emparait de ses lèvres et ses baisers lui procuraient un délicieux vertige. Elle allait s'abandonner au tourbillon de ses sensations quand une force la poussa à se ressaisir.

– Non... protesta-t-elle.

– Mon ange, je vous aime! Et vous...

– Vous devez partir, murmura-t-elle en tentant de se dégager.

– En effet, il est grand temps que M. Voizard s'en aille, lança une voix derrière eux.

Lalia étouffa un cri de frayeur tandis que Jerome apparaissait dans l'encadrement de la porte.

Les vents d'automne avaient dépouillé la plupart des arbres de leur feuillage. Dans les jardins, quelques pommes s'accrochaient encore à des branches dénudées. Des touches de couleurs ici et là signalaient des asters et des dahlias et, plus rarement, un sumac rose et or se détachait sur les teintes brunes et ternes du paysage.

De la fenêtre de son wagon, Lalia contemplait songeusement la campagne. Elle avait froid malgré son manteau. Hormis le grincement continu des roues du train et le bruissement du journal dont Jerome tournait les pages, le silence régnait dans le compartiment.

Lalia n'était pas encore remise du choc qu'elle avait éprouvé en voyant surgir son mari. Très maître de lui, M. Voizard s'était habilement esquivé après avoir déclaré :

– Je suis venu raccompagner Mme Brookford qui a assisté à une exposition de peinture.

Lalia lui avait envié sa tranquille assurance. Une fois seule avec Jerome, elle avait dû affronter l'éclat d'acier de ses yeux. Les joues en feu, elle lui avait reproché d'une voix tremblante son arrivée impromptue. Au lieu de se justifier ou de laisser libre cours à l'explosion de colère qu'elle attendait, il s'était borné à déclarer :

– Allez vous coucher. Demain matin, vous ferez préparer vos bagages. Nous retournons dans le Dorset.

– Je ne peux pas abandonner votre mère.

– Mme Grant veillera sur elle.

– Je ne veux pas rentrer, avait-elle affirmé.

Jerome avait paru sur le point de s'emporter, mais il s'était contrôlé pour riposter calmement :

– Je m'en rends bien compte, mais vous partirez tout de même avec moi demain.

– Et si je refusais?

– Vous ne refuserez pas. Vous rentrerez, pour votre réputation.

– Comment osez-vous me parler sur ce ton? Je n'ai rien à me reprocher.

– Pas encore, avait-il répliqué d'un air imperturbable, mais vous êtes sur le point de vous compromettre avec Voizard. Je saurai vous en empêcher. Soyez prête demain à 9 heures.

Sur ces mots, il avait tourné les talons avec raideur et quitté la pièce.

Mme Brookford avait accepté sans faire de difficulté les explications de son fils qui lui enlevait la jeune femme sous prétexte d'avoir besoin de son avis au manoir avant de poursuivre certains travaux.

Depuis le début du voyage, il n'adressait pas la parole à Lalia. Son visage arborait une mine sévère et fermée qu'elle ne lui avait jamais vue.

« J'ai dû céder pour ne pas provoquer d'esclandre devant ma belle-mère », se dit-elle pour se consoler. « Il faut lui épargner toute contrariété durant son traitement. Mais dès notre arrivée, je rappellerai nos conventions à Jerome. J'entends vivre à ma guise et il ne me contrariera pas. »

La voiture les attendait à Dorchester. Confortablement adossée aux coussins, Lalia regardait droit devant elle sans parler.

Jerome rompit enfin le silence lorsqu'ils atteignirent leur demeure.

– Je vais vous faire servir le thé dans le salon.

« Et je vais mettre les choses au point entre nous », se promit Lalia en son for intérieur.

Elle monta se changer, puis se rendit auprès de son mari. Jerome se tenait devant la cheminée. Elle s'assit près du feu et se remplit une tasse du breuvage très chaud. La violence de ses sentiments éclata soudain et, relevant le menton en signe de défi, elle annonça :

– Il est temps que nous arrivions à un accord, Jerome. Notre mariage est un simple marché. Je vous ai donné ma fortune en échange de votre nom et de votre protection. Je reste libre.

– C'est entendu, convint Jerome. Mais étant ma femme, vous n'avez pas le droit de mal vous conduire.

– Je n'ai rien fait de mal! protesta-t-elle en s'empourprant. J'ai accompagné M. Voizard à une exposition privée. Est-ce un crime?

– Dans la mesure où il est amoureux de vous... et où vous êtes toute prête à vous enticher de lui... oui.

Comme mue par un ressort, Lalia bondit hors de son fauteuil, oubliant toute réserve.

– Vous auriez dû épouser une poupée sans caractère et sans volonté propre! Pourquoi n'avez-vous pas choisi l'une des demoiselles Grange? Elles vous auraient obéi au doigt et à l'œil. Mais j'oublie qu'il vous fallait de l'argent, et mes cousines n'en ont guère!

L'air menaçant, Jerome s'approcha d'elle. L'arrivée de James le priva de sa réplique. Le visage défait du valet laissait présager un événement d'importance.

– Lady Darrencourt est là, déclara-t-il dans un souffle.

Lalia se retourna, stupéfaite. La petite silhouette enveloppée dans un châle se dirigea vers le feu d'un pas désinvolte et tendit ses deux mains aux flammes.

– Vous voyez, je suis revenue, fit Rosa.

11

Ébahie, Lalia considéra longuement en silence la soudaine apparition. Celle qui l'avait cruellement blessée et humiliée était de retour. Elle osait se présenter à nouveau après sa conduite scandaleuse!

Jerome retrouva ses esprits le premier.

– Vous avez froid, nota-t-il. Donnez-lui du thé, Lalia, elle a besoin de se réchauffer.

Comme Lalia ne réagissait pas, il servit une tasse lui-même et la tendit à Rosa avec le plat à gâteaux.

– Ah! fit-elle en se jetant avec avidité sur les pâtisseries. Je n'ai rien mangé pendant le voyage.

Lorsque Lalia fut enfin capable de parler, elle demanda :

– Qu'êtes-vous venue faire ici? Comment avez-vous appris que je suis descendue dans le Dorset?

– Rien de plus facile, répondit Rosa. Alvin reçoit de temps à autre des lettres de sa mère, des lettres où elle écrit des choses horribles à mon sujet. Elle lui a annoncé votre mariage avec Jerome et votre déménagement. Vous avez eu tort de louer Winterbridge à des étrangers. C'est *ma* demeure.

– Non, vous n'y êtes plus chez vous! s'écria Lalia d'une voix vibrante de colère. Vous nous avez déshonorés. Repartez vivre la vie que vous vous êtes choisie!

Rosa se redressa avec orgueil.

– Je suis toujours Lady Darrencourt, vous semblez l'oublier.

– N'avez-vous donc pas épousé Alvin? s'enquit Jerome.

– Non, souffla-t-elle en détournant la tête. Malgré ses prières, j'ai refusé. Je m'ennuyais à la Jamaïque, aussi ai-je préféré rentrer. Winterbridge m'appartient, ainsi que la fortune de Sir Ashley. Il a fait un testament en ma faveur.

– Qu'il a modifié lorsque vous vous êtes enfuie! gronda Lalia. Vous n'obtiendrez rien! Vous êtes une créature perverse et nuisible! Je ne veux plus jamais vous revoir! Quittez cette maison sur-le-champ!

Rosa se leva et resserra son châle autour de ses frêles épaules. Lalia s'aperçut que ses doigts tremblaient. Son visage s'était creusé, mais au lieu de pitié, il n'inspirait que haine et dégoût à la fille de Sir Ashley.

– Quittez cette maison! répéta-t-elle, furieuse.

Rosa jeta un coup d'œil implorant vers Jerome, puis affronta l'expression déterminée qui durcissait les jolis traits de Lalia.

– C'est que je... je ne sais où aller, murmura-t-elle finalement.

– Asseyez-vous, commanda Jerome sur un ton sans réplique. Dites-moi un peu pourquoi vous n'êtes pas retournée chez votre mère en Espagne.

– Elle... elle ne sait rien, avoua Rosa d'une voix mal assurée. Elle me croit à la Jamaïque avec Sir Ashley. Elle a des principes très stricts et je crains de... D'ailleurs, étant donné sa pauvreté, elle ne peut pas m'aider. Et puis je ne dois pas compromettre les chances de mariage de mes sœurs.

– Retournez à la Jamaïque! Allez retrouver votre amant! jeta Lalia avec mépris.

L'air hésitant, Rosa se mordilla les lèvres. Une vive rougeur envahit son visage.

– Alvin ne... ne veut plus de moi, confessa-t-elle

faiblement. De toute façon, il me rendait très malheureuse. Il fréquente toutes sortes de femmes, indigènes. Il m'a payé le voyage du retour, mais ne m'a pas donné d'argent. Je n'ai rien, *rien*. Quant à sa famille, elle me refusera tout soutien. Mme Prior voudrait me voir en enfer.

Dans le silence qui suivit, Lalia entendit la respiration saccadée de Rosa. Elle ne pouvait détacher ses yeux de la petite silhouette installée près du feu.

– Je ne veux pas de vous ici! explosa-t-elle soudain. Vous êtes responsable de la mort de mon père, vous êtes une...!

– Taisez-vous, coupa sévèrement Jerome, elle est sur le point de s'évanouir.

Il la soutint juste à temps alors qu'elle s'affaissait sur le sol et ajouta :

– Sonnez, Lalia. Elle est peut-être malade.

La jeune femme n'obéit qu'à contrecœur. Pendant qu'une servante s'empressait autour de Rosa, elle déclara :

– Je ne lui permettrai pas de rester.

– Je crains que vous n'ayez guère le choix, rétorqua Jerome. Vous ne pouvez la chasser dans cet état. Comment est-elle venue jusqu'ici?

– Un valet l'a vue arriver dans la charrette du père Smith, expliqua la servante.

– Préparez-lui une chambre, réchauffez le lit et montez-lui un repas, ordonna Jerome.

Se tournant vers Lalia, il poursuivit :

– Il me semble qu'elle est à moitié morte de faim. Elle passera la nuit au manoir.

– Très bien, fit Lalia en desserrant à peine les lèvres, et elle quitta brusquement la pièce.

Elle laissa les domestiques s'occuper de Rosa. Son retour avait semé la confusion dans son esprit. Au dîner, comme elle ne touchait pas aux plats, Jerome lui en fit la remarque.

– Je n'ai pas d'appétit, murmura-t-elle.

– Forcez-vous un peu, exigea-t-il en adressant un signe au laquais qui présenta de nouveau la viande à Lalia. Pour éviter une discussion, elle se servit et accepta même un verre de vin. Elle se sentait pourtant lasse, épuisée, et une forte migraine la tourmentait.

Lorsque le valet qui leur apporta le café fut ressorti du salon, Jerome vint s'asseoir auprès d'elle sur le canapé.

– Je vous trouve bien pâle. Je comprends ce que vous ressentez et je suis désolé de l'épreuve qui vous est infligée.

Il parlait avec douceur et ses yeux brillaient d'un éclat chaleureux.

– Nul ici ne désire la présence de Rosa. Elle ne mérite ni notre aide, ni notre pardon, reprit-il.

– Jamais je ne lui pardonnerai sa conduite!

– Je ne vous le demande pas, assura Jerome d'une voix apaisante. Mais il nous est impossible de la jeter à la rue. Elle est souffrante, démunie et seule au monde aujourd'hui.

– N'en est-elle pas responsable? protesta Lalia.

– Bien sûr. Auriez-vous cependant le cœur de l'abandonner dans sa situation?

– Je... je l'autorise à rester le temps de se rétablir, concéda la jeune femme. Ensuite, elle partira. Qu'Alvin pourvoie à ses besoins!

– Alvin ne fera rien, affirma Jerome, l'air sombre. Je ne vous l'ai pas dit, mais j'ai eu de ses nouvelles par un homme qui s'est rendu à la Jamaïque pour ses affaires. La boisson, le jeu et les femmes sont en train de perdre Alvin. Il néglige son domaine et en dilapide les revenus... Cela ne m'étonne guère de mon cousin à vrai dire.

Lalia était trop abattue pour répondre. Une seule pensée la tourmentait. Combien de temps devrait-elle tolérer Rosa sous son toit?

Elle observa Jerome à la dérobée. Allait-il revenir sur le sujet qui les avait opposés juste avant son arrivée? Ne se sentant pas en état de supporter une querelle pour clore cette journée éprouvante, elle prit les devants :

– Ne nous disputons pas à propos de Claude Voizard, Jerome, je vous en prie. Je suis suffisamment bouleversée ce soir. Il a su me plaire, je le reconnais, mais je n'ai rien à me reprocher...

Elle ne put toutefois s'empêcher de rougir au souvenir des émotions troublantes qu'elle avait éprouvées dans les bras du Français. Aurait-elle commis l'irréparable si Jerome n'était soudain survenu? La terrible hypothèse l'emplit de douleur et de honte, et elle gémit :

– Oublions cette affaire... s'il vous plaît!

– C'est déjà fait, la rassura Jerome. Toutes les femmes succombent au charme de cet homme. Vous êtes ici, en sécurité, rien d'autre ne compte.

Il se leva et appuya ses larges épaules contre le manteau de la cheminée.

– Vous êtes en train de vous recroqueviller sur vous-même comme une enfant épuisée. Venez vous coucher.

Il lui tendit la main pour l'aider à se mettre debout puis, passant un bras autour de sa taille, l'entraîna vers la porte.

– Je vais dire à Mme Grant de vous monter du lait chaud et du miel.

Pendant quelques instants, Lalia se laissa aller contre Jerome, puisant un agréable réconfort au ferme contact de son corps.

– Je vous remercie, vous êtes bon avec moi.

Elle chercha son regard et ajouta :

– Je suis heureuse que nous ne nous soyons pas disputés. Nous sommes amis, n'est-ce pas?

Une expression surprenante passa fugitivement sur le visage de Jerome. Lalia ne put la déchiffrer. Déjà ses traits reprenaient leur aspect habituel et il répliqua :

– Oui, nous sommes amis, si c'est ce que vous désirez, Lalia.

– Je le désire, naturellement, pas vous?

Sans répondre, il déposa un baiser sur son front et murmura :

– Dormez bien. Demain, nous réglerons le problème de Rosa.

Lorsqu'elle se leva le matin, sa femme de chambre lui apprit que la jeune femme n'était pas encore réveillée. Elle prit son petit déjeuner en tête-à-tête avec Jerome.

– Je vais inspecter les logements des plus déshérités de mes employés, lui annonça-t-il.

– Puis-je vous accompagner? demanda-t-elle aussitôt.

Il accepta tout aussi spontanément et ils se mirent en route dans la charrette anglaise que Jerome aimait particulièrement conduire. Il avait gelé pendant la nuit et la nature semblait engourdie sous le ciel très bleu. Bien au chaud dans ses fourrures, ses boucles blondes s'échappant d'un bonnet de velours, Lalia écoutait avec attention les projets que son mari s'efforçait de réaliser dans le domaine.

Le spectacle qu'elle découvrit l'ébranla profondément. Dans des pièces nues, minuscules, aux murs noircis par la fumée, étaient entassées des familles faméliques au teint cireux. Elle eut soudain honte du luxe dans lequel elle avait toujours vécu.

– Oh Jerome, il faut faire quelque chose! s'exclama-t-elle sur le chemin du retour.

– Le plus tôt possible, promit-il. J'ai des plans pour agir vite et donner à ces gens les moyens de mener une existence plus décente.

Croisant le regard de Jerome, Lalia devina ses pensées et elle affirma :

– Je ne suis pas uniquement préoccupée par ma propre personne. Je suis capable de me soucier des autres. Vous vous refusez toujours à l'admettre, n'est-ce pas?

– Non, je le crois à présent. Mais avouez qu'à Winterbridge, le monde tournait autour de vous. Tout concourait à exagérer l'importance de Miss Lalia Darrencourt.

– Vous êtes... vous êtes...!

Le souffle lui manquait.

– Un homme très franc, compléta-t-il pour elle. Vous êtes fâchée contre moi, je suppose?

– Oui! s'écria-t-elle d'abord.

Puis elle se ravisa et secoua la tête.

Jerome avait bien jugé la jeune fille de Winterbridge et elle ne lui en voulait pas.

– Vous ne m'avez pas accusée de cruauté cette fois, remarqua-t-elle.

– J'attends de vous voir à l'œuvre.

Ces paroles intriguèrent Lalia mais elle eut beau observer Jerome, son expression indéchiffrable ne lui apprit rien de plus.

Arrivée au manoir, elle monta en soupirant jusqu'à la chambre de Rosa. La jeune femme était assise dans son lit. Elle portait une chemise de nuit et une liseuse de Lalia. Elle semblait avoir un peu meilleure mine que la veille.

– J'ai bien dormi, annonça-t-elle. Il fait chaud et je me sens à l'aise dans cette pièce. J'étais si mal sur le bateau. Quel voyage épouvantable! J'étais pourtant heureuse de quitter la Jamaïque. Autant vous dire tout de suite qu'Alvin est en train de creuser sa propre tombe en buvant. Il a commencé peu après notre arrivée sans tenir le moindre compte de mes avertissements. Ne le regrettez pas Lalia. C'est une chance pour vous de ne pas l'avoir épousé.

– L'aimiez-vous?

Durant quelques instants, Rosa ne put contrôler le tremblement de ses lèvres.

– Oui, au début. Et il prétendait m'aimer aussi. Il m'a suppliée, *suppliée à genoux,* de partir avec lui. J'éprouvais une affection sincère pour votre père, vous savez, mais il était trop âgé pour moi. J'ai conscience d'avoir très mal agi. Hélas Alvin... Je n'ai pas pu lui résister.

Lalia garda le silence. Les idées les plus contradictoires se bousculaient dans son esprit. Elle se souvint d'avoir tout de suite pressenti que le mariage de son père se terminerait par un désastre. D'un autre côté, elle comprenait Rosa malgré elle. Son tempérament ardent d'Espagnole exigeait une vie animée et passionnée. Alvin lui avait sans doute apporté l'admiration et l'exaltation dont elle avait tant besoin. Sans doute avait-il fait miroiter devant elle la perspective d'une existence pleine d'amour et d'exotisme, et Rosa s'était laissé séduire.

Les propos de la jeune femme confirmaient ce que Jerome avait déjà dit à Lalia à propos d'Alvin. « Cela ne change rien », songea-t-elle pourtant. « Je hais toujours autant cette femme et elle doit partir. »

– Dès que vous aurez retrouvé des forces, il vous faudra penser à vous installer quelque part, déclara-t-elle en se dirigeant vers la porte. Vous ne pouvez pas rester ici. Peut-être auriez-vous intérêt à repartir pour l'Espagne.

Comme elle ne recevait pas de réponse, elle se retourna. Rosa s'était rejetée en arrière sur ses oreillers, le visage a demi enfoui dans ses mains.

– Je... je ne peux pas aller en Espagne, balbutia-t-elle. Je... n'ai pas d'argent et... et j'attends un enfant d'Alvin.

12

– Quand l'enfant doit-il naître? s'enquit Jerome.

– Au mois de février, lui répondit Lalia.

Ils marchaient côte à côte dans le verger, la jeune femme soulevant ses jupes pour ne pas les accrocher aux ronces qui avaient envahi le chemin.

– Rosa m'a enfin avoué la vérité, expliqua-t-elle. Malgré ses supplications, Alvin a refusé de l'épouser, l'accusant d'avoir eu une liaison avec un planteur. Elle le nie, évidemment, mais...

– Tout de même, de là à la renvoyer en Angleterre comme un colis embarrassant, dans son état! Quelle honte! Mon cousin a vite oublié qu'elle a quitté son mari à cause de lui! lança Jerome d'une voix méprisante.

– Au début, je ne voulais pas le croire, mais Rosa était réellement éprise d'Alvin, aussi profondément qu'une femme de sa nature peut l'être. Si Alvin n'avait pas insisté, elle n'aurait cependant pas abandonné mon père.

– Non, ils auraient eu une brève aventure clandestine, la fidélité leur étant étrangère, à l'un comme à l'autre. Sir Ashley serait probablement toujours resté dans l'ignorance de leur trahison.

– Comment Alvin a-t-il pu se conduire d'une manière aussi abjecte?

– Le faible devient abject à l'occasion. Rosa et la Jamaïque ont révélé ce qu'il y a de plus mauvais en lui. Un problème se pose à présent... Qu'avez-vous l'intention de faire?

Cette question surprit Lalia. Jerome lui demandait son avis alors qu'elle s'attendait à le voir régler le sort de Rosa sans la consulter.

– Je ne peux pas la chasser dans la situation où elle se trouve, murmura-t-elle songeusement.

– Alors, qu'avez-vous décidé?

– Les locataires de la petite maison près du pont ne sont-ils pas récemment partis?

Jerome répondit d'un simple hochement de tête. Son regard scrutait attentivement le visage de Lalia.

– Elle pourrait s'y installer en attendant la naissance de l'enfant. Nous mettrons des domestiques à son service et paierons ses dépenses.

– Vraiment, Lalia, vous accepteriez de lui prêter Beech Cottage?

– C'est mon devoir, répliqua-t-elle avec un soupir. Elle ne m'inspire que haine et méfiance, mais mon père l'aimait. Il me désapprouverait, je le sens, si je ne lui venais pas en aide. Je le fais pour mon père, pas pour moi. Comme vous me l'avez si souvent reproché, je suis cruelle.

Jerome la prit par les épaules et l'attira vers lui. Ses yeux brillaient d'un éclat si intense que Lalia retint son souffle.

– Vous êtes cruelle au point de bien vouloir héberger la femme qui a bouleversé votre vie. En effet, vous êtes impitoyable et inhumaine... et je vous aime pour tous ces défauts!

Il la relâcha presque brutalement, comme pour ne pas céder à l'attendrissement, et ajouta :

– Je vais faire préparer Beech Cottage sans tarder.

En revenant au manoir, il annonça :

– Je compte envoyer une lettre à Alvin, sans espérer de réponse car il a coupé tous liens avec sa famille et son pays. Sait-il que Rosa attend un enfant?

– Oui. Il prétend qu'il n'en est pas le père.

– Qu'en pensez-vous?
– Mais rien! Que puis-je en penser? Il conviendrait aussi d'avertir Mme Prior.
– Votre haine pour Rosa n'est rien en comparaison de la sienne.
La jeune femme se montra enchantée de la proposition que lui fit Lalia. Elle retrouva vite sa gaieté et sa vivacité, et commença à envisager sa nouvelle existence.
– Il me faudra une voiture, le cottage est tellement isolé, et des domestiques, exigea-t-elle avec désinvolture.
Combattant son impatience et son irritation, Lalia affirma froidement :
– Simpson sera à votre disposition pour vos sorties. Pour le service, vous devrez vous contenter de deux personnes. Sarah est une bonne cuisinière et elle sait tenir une maison. Un homme se chargera des travaux plus durs.
Mme Prior ne répondit pas à la lettre de Lalia. Par son silence, elle rejetait au néant l'enfant d'Alvin et sa mère.
Rosa emménagea à Beech Cottage avec Sarah et parut satisfaite de son domicile. Elle critiqua toutefois la somme d'argent qui lui était allouée pour ses menus frais, la jugeant trop modeste.
– Vous pourriez vous montrer plus généreuse, Lalia. Après tout, votre fortune aurait dû me revenir.
Elle fixa un regard cynique sur la jeune femme assise auprès d'elle dans le petit salon coquet de Beech Cottage.
– Vous n'aimiez sans doute pas profondément Alvin pour vous être mariée si vite avec un autre homme. Jerome a eu de la chance de trouver aussi facilement une riche épouse.
A ces mots, Lalia se leva et déclara sèchement en se dirigeant vers la porte :
– Nous réglerons directement vos factures de nourriture. Sarah a reçu l'ordre de nous les transmettre. Ne

négligez pas de vous promener chaque jour ainsi que vous l'a conseillé le docteur.

Aux gens des environs, Rosa fut présentée comme une parente de Lalia, de retour de l'étranger pour mettre son enfant au monde en Angleterre.

Elle se rétablit très rapidement et se plaignit bientôt de s'ennuyer et de ne jamais voir personne. Lalia resta très ferme, lui rappelant qu'elle devait s'estimer heureuse de son sort. Rosa avait tendance à considérer que tout lui était dû et il ne fallait espérer aucune gratitude de sa part.

Noël arriva et Mme Brookford revint avec Mme Grant de Londres. Lalia se réjouit du succès du traitement suivi par sa belle-mère. Mme Brookford avait été informée de la présence de Rosa et elle se refusa à la rencontrer.

– Je souhaite qu'elle ne nous apporte pas de nouveaux ennuis, déclara-t-elle. Lorsque l'enfant sera né, il faudra les envoyer en Espagne tous les deux. Il est inutile de compter sur le soutien de Mme Prior.

Des vents violents et glacés s'acharnèrent sur le manoir durant la fin du mois de décembre, provoquant l'arrêt des travaux extérieurs. A l'intérieur, les progrès continuèrent sans interruption. Les murs furent tapissés de neuf les lambris restaurés, les plafonds repeints. Mme Grant ne pouvait s'empêcher de grommeler contre les ouvriers qui allaient et venaient, semant un certain désordre, mais elle fut la première à s'extasier devant les splendides résultats. Au sujet de Rosa, elle ne formula qu'une seule remarque à Lalia :

– Vous pouvez vous fier à James et à moi-même. Nous garderons le silence sur le passé.

Gênée par l'alourdissement de sa silhouette et par les restrictions que lui imposaient son état, Rosa ne cessait plus de geindre et de protester, aussi Lalia espaça-t-elle de plus en plus ses visites à Beech Cottage.

– Je suis sûre que le docteur exagère, affirma un matin la jeune femme à Lalia je suis tout à fait capable de conduire la charrette anglaise.

– Ne commettez pas cette imprudence, répliqua Lalia.

Pour passer le temps, Rosa se perdait dans ses souvenirs, lui parlant inlassablement de la Jamaïque.

– Le domaine de Silverstone est très agréable, vous savez. La maison est entièrement entourée de terrasses. Alvin m'empêchait malheureusement de recevoir nos voisins...

Du jeune Anglais, aucune nouvelle. Par un ami, importateur de sucre, Jerome avait appris qu'il était malade.

Un jour, Lalia décida de se rendre au village. Lorsqu'elle demanda la charrette anglaise, Simpson lui répondit qu'il venait de la mettre à la disposition de Mme Darrencourt.

– Qu'importe, je vais prendre le landau! décida-t-elle.

Voyant que l'homme semblait mal à l'aise, elle le questionna :

– Qu'y a-t-il, Simpson?

De nervosité, il tordait sa casquette entre ses doigts.

– Eh bien... Mme Darrencourt insiste pour conduire elle-même et le jeune Jock a tout le mal du monde à l'empêcher de s'emparer des rênes.

– Dites-lui de ne jamais les lui donner.

– Je le lui ai déjà dit, répété maintes fois, mais Jock craint d'offenser Mme Darrencourt en s'opposant à ses volontés.

– Dans ce cas, vous lui enverrez quelqu'un de moins timide la prochaine fois. De mon côté, je vais lui parler.

– Merci, madame...

Le galop d'un cheval les incita à se retourner ensemble. L'animal venait droit sur eux devant le manoir. Le garçon d'écurie sauta à terre. Il était livide et tremblait de tous ses membres.

– Elle est partie seule! cria-t-il. Elle m'a ordonné d'aller chercher un coussin supplémentaire et quand je suis revenu... elle descendait la route à toute allure en fouettant la pauvre Jenny jusqu'au sang. Au virage, la voiture s'est renversée et elle... elle a été projetée au dehors. Elle a roulé... roulé!

– Oh mon Dieu! s'exclama Lalia en pâlissant. Est-elle gravement blessée? L'avez-vous laissée seule? Il faut la secourir immédiatement...

– Le docteur Green passait justement et nous l'avons portée jusque chez elle.

– Où est votre maître? Allez l'avertir, commanda Lalia, puis elle s'adressa à Simpson : Amenez tout de suite le landau, j'appelle Mme Grant.

Elle gravit prestement les marches et rentra en courant dans la maison. Mme Grant prépara quelques affaires de première urgence et la voiture les emporta rapidement.

Le docteur Green vint les accueillir à la porte du cottage.

– Pourquoi a-t-elle commis une telle folie? lança-t-il sur un ton désolé.

– Elle rêvait de conduire elle-même. Je l'avais mise en garde, répliqua Lalia.

– Par chance, je m'apprêtais à lui rendre visite au moment de l'accident. Nous avons pu la ramener dans son lit à temps.

– A temps pour quoi? s'écria Lalia.

– Pour la naissance de sa fille.

Lalia vacilla et dut se tenir au mur.

– L'enfant est né! Et elle... comment va-t-elle?

– J'ai bien peur que... commença le docteur d'une voix douce.

– Que voulez-vous dire? le pressa Lalia.

Baissant la tête, il murmura :

– Mme Darrencourt ne passera pas la nuit.

13

Le visage défait et tendu, Lalia veillait près du lit. Au moment où les premières lueurs de l'aube déchiraient le voile obscur de la nuit, les grands yeux noirs s'ouvrirent. Les lèvres exsangues remuèrent et Lalia se pencha pour saisir les ultimes paroles de Rosa.

– Je... regrette... pour... votre père... Je...

Elle cherchait son souffle. D'une voix à peine audible, elle murmura encore le prénom d'Alvin, puis elle se tut pour toujours.

Mme Grant prit Lalia par la main et l'obligea à se lever.

– Venez, c'est fini, la malheureuse nous a quittés. Dieu ait son âme.

Jerome attendait dans la pièce voisine. Lalia se précipita dans ses bras et fondit en larmes.

– Je ne l'aimais pas! gémit-elle. Je la détestais même! Mais une créature aussi pleine de vie ne méritait pas de mourir tellement jeune!

– Allons, calmez-vous, ma chère, nous ne pouvons plus rien pour elle, déclara gentiment Jerome en entraînant sa femme vers la voiture qui devait les ramener au manoir.

Durant tout le trajet, elle resta blottie contre lui, et comme rassurée par sa force tranquille, finit par s'apaiser.

– Je me sens coupable, Jerome, expliqua-t-elle. Souvent, elle m'avait confié son désir de conduire elle-même la charrette anglaise. J'aurais dû me méfier davantage.

– Qui aurait sérieusement cru qu'elle mettrait un projet aussi insensé à exécution! A mon avis, Rosa était destinée à se détruire elle-même. Vous avez fait pour elle tout ce qui était en votre pouvoir.

Installée dans le salon du manoir, Lalia retrouva peu à peu ses esprits. James lui apporta un sherry pour la réconforter et Jerome frictionna longuement ses mains glacées. Soudain, elle s'écria :

– Nous devons prévenir la mère de Rosa! Et le bébé, que va-t-il devenir? Va-t-il mourir aussi?

– D'après le docteur, il est solide malgré sa naissance prématurée. Une femme de fermier qui vient de perdre son enfant l'a pris chez elle.

– Oh tant mieux! Mais il faut aussi le déclarer et le faire baptiser. On va nous demander qui est le père!

Jerome hocha la tête.

– Eh bien oui, la vérité éclatera au grand jour. Mais Rosa n'en souffrira plus.

– Et l'enfant? Mme Prior voudra sûrement continuer à ignorer son existence et Mme Carew refusera sans doute de s'en charger. Quand à Alvin, nous ne devons rien attendre de lui.

– Écrivez à Mme Carew, décida Jerome. Votre notaire vous donnera son adresse. Nous verrons bien sa réaction.

Lalia vécut les semaines suivantes dans la tristesse et les soucis. Elle avait beau lutter contre son abattement, elle ne trompait personne. Plein de compassion pour elle, Jerome lui tenait compagnie des heures durant. Un matin, elle déclara :

– Vous passez beaucoup plus de temps ici qu'auparavant. Je sais pourtant que vous ne manquez pas de travail. Il ne faut pas rester à cause de moi.

– Essayeriez-vous de me chasser? Quand votre sourire et vos couleurs reviendront... quand vous recommencerez à discuter pour le plaisir et à me chercher querelle, il sera temps pour moi de repartir!

Pour la première fois depuis des jours et des jours, Lalia éclata de rire.

– Mais vous me feriez passer pour une mégère!

– Ne me prenez-vous pas pour un ours? répliqua-t-il pour la taquiner. Nous formons un beau couple!

Souriant, il alla à la rencontre de James qui apportait une lettre.

– Elle vient d'Espagne, annonça-t-il en la donnant à Lalia.

Mme Carew s'exprimait d'une manière confuse dans un très mauvais anglais. Elle ne parvenait pas à croire, disait-elle, que sa fille avait déshonoré sa famille et sa belle-famille. Et pourtant, comme il était difficile de se résigner à la tragédie de sa disparition! Pour terminer, Mme Carew expliquait que sa situation financière la mettait dans l'impossibilité d'accueillir l'enfant.

Après avoir pris connaissance de la missive, Lalia la tendit à Jerome qui la lut à son tour, puis s'enquit :

– Qu'allons-nous faire?

Lalia se leva. La décision qu'elle venait de prendre à l'instant même l'emplissait d'un nouveau courage :

– Si vous êtes d'accord, je souhaite me charger de cette enfant, de cette pauvre petite créature indésirée. Je ne peux pas l'imaginer dans un orphelinat ou... Oh Jerome, êtes-vous d'accord? Il me faut votre permission!

Il ne répondit pas immédiatement. Il contemplait sa compagne d'une façon pénétrante tandis qu'une étrange douceur atténuait la fermeté de ses traits.

– Comme vous avez changé, Lalia! s'exclama-t-il soudain. Il n'y a pas si longtemps encore, vous n'auriez pas eu pitié de Rosa ou de ce bébé.

– Je suis heureuse d'avoir changé, affirma-t-elle. Vous aviez épousé une femme si futile, égoïste et cruelle.

– Et maintenant, votre cœur déborde d'amour. Je souhaite...

– Que souhaitez-vous? s'enquit-elle comme il s'interrompait brusquement.

De la main, il esquissa un geste de négation.

– Rien... Je vous le dirai peut-être plus tard. Pour le moment, songeons plutôt au baptême de l'enfant. Quel prénom lui choisirons-nous?

Les sourcils froncés, Lalia réfléchit quelques secondes. Un souvenir lui revint en mémoire.

– Un jour à Winterbridge, Rosa m'a raconté que son père aurait voulu l'appeler Elizabeth.

– Eh bien, c'est entendu. La fille de Rosa se nommera Elizabeth.

Les voisins se montrèrent aussi discrets au baptême de l'enfant qu'à l'enterrement de sa mère. Seule Violet Overton fut mise au courant de toute la triste histoire par Lalia.

– Comme vous avez dû souffrir! s'écria-t-elle avec compassion. Mais parlons de choses plus gaies à présent, tournons-nous vers l'avenir. Voudriez-vous vous promener de nouveau à cheval avec moi?

Lalia acquiesça volontiers. Les distractions et l'exercice lui manquaient. Dès le lendemain matin, elle fit seller sa jument.

La présence de Malcolm aux côtés de sa sœur ne la surprit guère. En chevauchant dans les collines environnantes, elle retrouva une sensation de bien-être qu'elle n'avait pas éprouvée depuis l'arrivée de Rosa. Malcolm ne lui portait pas une attention particulière, constata-t-elle. Depuis son retour d'Italie, il n'était plus le jeune homme sentimental qui la couvait du regard. Elle en conçut une certaine déception.

Lorsqu'ils regagnèrent Stonewell Court pour prendre le thé, il lui demanda :

– Reviendrez-vous demain matin? Violet regrettait terriblement ses sorties avec vous.

– Et vous? répliqua-t-elle sans réfléchir.

Elle s'en voulut aussitôt de cette question frivole qui semblait quêter un compliment de la part du jeune homme, et elle s'empourpra à l'idée de donner l'impression de vouloir ressusciter son admiration des débuts.

– Moi aussi, j'ai regretté ces sorties, assura-t-il sans trahir la moindre émotion. Nous passions de bons moments ensemble, tous les trois.

Ce soir-là, dans le salon où elle se tenait avec sa belle-mère et Jerome, Lalia déclara :

– Au cours de ma promenade ce matin, j'ai remarqué que quelqu'un avait emménagé à Belmont, la charmante maison qui se trouve à un kilomètre du village. Savez-vous de qui il s'agit?

Jerome posa son livre et répondit :

– Une certaine Lady Grenfell, une veuve, qui vient du Kent.

Mme Brookford sursauta violemment.

– Comment? Ce n'est tout de même pas Edwina Grenfell! J'ai appris que son mari est mort l'année dernière, mais ce n'est pas elle, c'est impossible!

Jerome quitta son fauteuil et s'approcha du feu.

– Si, c'est Edwina. Elle m'a envoyé un petit mot, il y a quelques jours, pour m'informer de son arrivée. Elle a loué Belmont pour un an. A présent, je vous prie de m'excuser, je dois écrire des lettres.

Sur ces mots, il sortit de la pièce à grands pas et Mme Brookford le suivit pensivement des yeux. Elle se concentra ensuite sur sa broderie, parvenant mal à dissimuler son expression soudain soucieuse.

– Connaissez-vous cette personne? s'enquit Lalia.

– Oui... répondit-elle à contrecœur. Elle vivait dans le Dorset avant son mariage. Elle était très belle.

– Jerome la connaissait aussi, je suppose?

A la grande surprise de Lalia, Mme Brookford se mit à rougir.

– Oui... Mieux vaut vous mettre au courant, ma chère Lalia. Jerome et elle étaient fiancés, et elle a abandonné mon fils pour épouser un homme âgé, mais riche. Je me demande pourquoi elle est revenue par ici. J'aurais préféré qu'elle reste dans le Kent.

14

Comme elle l'avait prévu, Lalia ne reçut aucune réponse à la lettre annonçant à Mme Prior la naissance de l'enfant d'Alvin. La petite Elizabeth se portait bien, mais elle ne pouvait pas rester éternellement chez la fermière qui s'occupait d'elle. Minnie avait une sœur, Kate, dont la douceur et les bonnes manières inspiraient confiance à Lalia. Elle décida de l'engager pour l'enfant.

Une chambre fut transformée en nursery. Parfois, des doutes assaillaient la jeune femme. Avaient-ils raison, Jerome et elle, de se charger de la fille de Rosa? N'allait-elle pas devenir une source de soucis dans le futur?

Absorbée par les préparatifs nécessaires pour accueillir le bébé, Lalia n'eut guère le temps de penser à la locataire de Belmont. Par ailleurs, Jerome et sa mère ne parlaient jamais de Lady Grenfell. Un matin tout de même, Lalia demanda à son mari s'il n'y avait pas lieu de rendre une visite de politesse à l'arrivante.

– Votre mère m'a dit que vous la connaissiez.

Jerome allait-il évoquer ses fiançailles rompues? Elle guetta sa réaction avec curiosité.

– En effet, nos familles se connaissaient, se borna-t-il à déclarer, mais ne prenez pas la peine de vous déranger. Vous avez encore l'excuse de votre deuil.

Il se dirigeait déjà vers la porte. Au bas des marches, Blackie piétinait impatiemment sur place.

– Ce n'est pas très gentil d'ignorer le retour d'une de vos anciennes relations, insista Lalia, feignant la naïveté. Votre mère acceptera peut-être de m'accompagner chez elle.

Jerome ne put dissimuler son agacement. Il fit claquer sa cravache contre sa botte.

– Ma mère n'a pas beaucoup d'estime pour Edwina. Je ne vous expliquerai pas pourquoi car vous le savez déjà. Croyez-vous me tromper avec votre air candide?

Il eut un sourire moqueur.

– Vous ne réussirez pas à vous jouer de moi, Lalia, je vous connais trop bien.

– N'en soyez pas si sûr! rétorqua-t-elle vivement. Vous pourriez me donner envie de vous surprendre.

– Essayez donc! lança-t-il et, après lui avoir adressé un bref salut, il descendit lestement les marches.

Songeuse, Lalia le regarda s'éloigner et disparaître au tournant de l'allée. S'il avait souffert à cause d'Edwina, il semblait avoir surmonté sa douleur. Comme elle, il avait été abandonné par l'être auquel il avait donné son cœur. Comme elle aussi, il en était marqué et ne souhaitait plus qu'un mariage reposant sur l'amitié, l'affection et le respect.

Oui, Lalia avait renoncé à l'amour, qui avait provoqué trop de ravages autour d'elle. Celui de son père pour Rosa s'était terminé en tragédie, celui d'Alvin pour la jeune femme dans la honte d'un abandon cruel. Quant à celui de Rosa pour Alvin... Elle croyait encore entendre la mourante murmurer son nom. Comme elle se félicitait de sa sage union avec Jerome! Elle ne désirait rien d'autre. La passion comportait trop de risques avec son cortège de chagrins et de trahisons.

Le mois de mars fut froid et venteux. L'hiver menait une rude bataille au printemps qui tentait timidement de ranimer la nature.

A l'intérieur du manoir, les travaux étaient achevés et Lalia se promenait avec plaisir à travers les pièces rénovées.

La petite Elizabeth arriva le jour où le soleil triompha pour la première fois durablement des nuages. Lalia y vit un bon présage.

– C'est un bien joli bébé, confia-t-elle à Jerome ce soir-là. Vous devriez la voir.

Il finit de se servir un whisky et haussa les épaules.

– Les enfants se ressemblent tous pour moi. Êtes-vous heureuse de l'avoir accueillie? Vous assumez de grosses responsabilités.

Lalia soutint sans fléchir son regard scrutateur.

– Oui, j'en suis consciente et je les accepte. Alvin se décidera peut-être à la reconnaître d'ici quelque temps. Il va sans doute réfléchir.

Son verre à la main, un pied posé sur le garde-feu, Jerome fixa un moment les flammes sans répondre.

– Vous êtes plus optimiste et charitable que moi, déclara-t-il enfin. Je crois mon cousin incapable de réfléchir, maintenant moins que jamais.

– Me cachez-vous quelque chose? s'enquit Lalia.

– D'après ce qu'on m'a dit, il est très malade.

Sa fille, en revanche, s'épanouissait comme une fleur. Lalia prenait un grand plaisir à suivre ses progrès jour après jour. Souvent, elle retrouvait sa belle-mère à la nursery. Mme Brookford s'intéressait elle aussi à l'enfant.

– Elle ressemble à Alvin, constata-t-elle une fois d'un air songeur. Espérons qu'elle n'a pas hérité de son caractère.

Les Overton passèrent un après-midi prendre le thé au manoir après s'être rendus à Balmont. Malcolm accompagna Jerome dans les écuries pour admirer le cheval qu'il venait d'acquérir et les dames restèrent entre elles. Mme Overton s'extasia sur la robe de Lalia. En velours gris clair, bordée d'un galon mauve et ornée d'un empiècement de soie crème, elle alliait la discrétion à un grand raffinement.

– Vous portez toujours des tenues exquises. A Londres,

la mode est aux toilettes masculines pour les femmes, paraît-il. J'ai du mal à l'admettre.

– Nous changerons vite d'avis, tout est une question d'habitude! répliqua Lalia en riant.

Elle remplit de nouveau la tasse de son invitée et déclara :

– Je suis curieuse de connaître les détails de votre visite à Belmont. Parlez-moi un peu de Lady Grenfell.

– Elle a tout pour elle, s'exclama Mme Overton avec enthousiasme, le charme, la grâce, la beauté et l'intelligence! Elle possède en outre les yeux les plus extraordinaires que j'aie jamais vus. Ils sont immenses et changeants, tantôt verts, tantôt bleus.

– Que savez-vous sur son défunt mari?

– Peu de choses. Il était beaucoup plus âgé qu'elle et très fortuné. Elle a meublé Belmont d'une manière remarquable. Elle est entourée de nombreux domestiques et s'est procuré un landau, ainsi qu'une magnifique voiture fermée.

– Il y a quelques années, avant votre arrivée dans la région, sa famille fréquentait la famille Brookford, expliqua Lalia. Je suis impatiente de faire sa connaissance.

– Mais bien sûr, il faut que vous alliez la voir! Je lui ai d'ailleurs parlé de vous. Elle ignorait que M. Brookford s'était marié.

Le soir-même, Lalia annonça à Jerome son intention de se rendre chez Edwina Grenfell.

– Je doute que vous sympathisiez avec elle, remarqua-t-il sèchement. Vous n'avez pas beaucoup de points communs. Elle est faite pour la vie mondaine. Je m'étonne de sa soudaine installation à la campagne. C'est une fantaisie. A mon avis, elle se lassera vite.

– Elle a suffisamment d'argent pour satisfaire tous ses caprices.

– En effet, grâce à Sir Conrad, elle est amplement pourvue.

Lalia s'imaginait-elle une note d'amertume dans la

remarque de Jerome? Déjà, il enchaînait sur un ton très différent :

– Et comment va Elizabeth?

Elle s'empressa de saisir l'occasion pour suggérer :

– Venez la voir. Elle est adorable.

Elle terminait son biberon au moment où ils pénétrèrent dans la nursery, et elle leur adressa un sourire attendrissant avant de s'endormir. Jerome ne put se défendre d'une certaine émotion devant cette petite créature reposant dans son berceau garni de dentelle.

– Je regrette que Rosa ne puisse la voir, murmura Lalia.

Il acquiesça sans mot dire et la prit par le bras pour l'entraîner hors de la pièce.

– Sa présence vous rend heureuse, n'est-ce pas? s'enquit-il.

– Très heureuse, répondit Lalia. Naturellement, je suppose que j'éprouverais des sentiments très différents s'il s'agissait de ma propre fille...

Elle s'interrompit brutalement, songeant qu'ils n'auraient pas d'enfants, Jerome et elle.

« Je n'en veux pas », se dit-elle aussitôt pour se rassurer. « Et Jerome non plus. » Elle lui jeta un coup d'œil à la dérobée. Quelles pensées cachait-il derrière son expression toujours mystérieuse? Elle croyait le connaître, mais le connaissait-elle vraiment? Parfois, une lueur dans son regard, une transformation fugitive de ses traits ou une réflexion inattendue dérangeaient ses certitudes et lui rappelaient qu'à bien des égards, Jerome restait un étranger pour elle. Une fois de plus, elle se surprit à s'interroger sur son amour passé pour Edwina Grenfell. Il parlait à présent d'elle d'une manière désinvolte et détachée. La passion, secrète et refoulée, couvait peut-être pourtant encore en lui.

– Vous semblez bien loin, Lalia. Quelles sont donc les vilaines idées qui creusent une ride sur votre front?

Elle sursauta au son de sa voix et répliqua :

– Je songeais que je ne vous connais pas vraiment.

– Vous m'avez pourtant épousé. Le regrettez-vous?

Elle fut déroutée par sa soudaine brusquerie. Il s'était arrêté et placé face à elle, et la fixait avec intensité. Contenant avec peine sa colère, il lança :

– Cette union n'a pas été très avantageuse pour vous, je ne l'oublie pas. Vous m'avez donné votre fortune en échange de l'honneur discutable de porter mon nom.

– Oh Jerome, ne... ne dites pas d'absurdités! Vous savez très bien que je suis pleinement satisfaite de mon sort. Votre mère se montre charmante avec moi et j'ai maintenant la chère Elizabeth.

– Je me demande si vous irez jusqu'à l'aimer.

Son regard sembla un instant la transpercer. Puis il poursuivit avec véhémence :

– Mais peut-être ne vous décidez-vous pas facilement à aimer, peut-être en êtes-vous incapable? Votre cœur bat toujours sur un rythme égal. Vous avez de la chance, Lalia, beaucoup de chance!

Il pivota sur ses talons et la jeune femme, stupéfaite, ne le revit plus de toute la soirée.

Le lendemain, elle avait rendez-vous à dix heures sur la route de la côte avec Violet et son frère. Jerome était parti pour ses affaires à Yeovil et il devait y rester une nuit.

En arrivant au lieu convenu, Lalia eut la surprise de découvrir que Malcolm l'attendait seul.

– Violet a pris froid et ma mère lui a interdit de sortir, annonça-t-il le plus naturellement du monde. Elle en est désolée et souhaite que nous ne renoncions pas pour autant à notre promenade. Il fait si beau.

Lalia hésita. La jeune Mme Brookford ne pouvait pas passer une matinée avec un séduisant célibataire sans manquer aux convenances. Mais, ainsi que Malcolm venait de le dire, il faisait si beau! Et qui dont les verrait dans cet endroit désert?

– Ne vous souciez donc pas de l'opinion des gens, murmura-t-il en lui décochant un sourire malicieux.

Elle le considéra avec étonnement et il se mit à rire.

– Je devine vos pensées, mais elles sont déplacées par cette magnifique journée. Allons, partons avant que nos chevaux ne nous emportent d'eux-mêmes! Ils ne demandent qu'à galoper, affirma-t-il avec une telle conviction qu'elle céda.

Cherchant à se donner bonne conscience, elle songea que la compagnie d'un homme si jeune ne pouvait pas la compromettre. Si jeune! Malcolm était tout de même son aîné de quatre ans! Mais qu'y avait-il d'extraordinaire à se promener avec un ami? Fallait-il qu'elle fût sotte pour se tracasser à ce point? Le plaisir de la chevauchée eut finalement raison de ses scrupules.

Malcolm découvrit un sentier étroit qui descendait jusqu'au rivage. Lalia s'y engagea prudemment derrière lui et ils débouchèrent sur la plage. Les joues rosies, les yeux brillants, Lalia offrait un spectacle ravissant dans sa tenue d'équitation bleue.

– Comme vous êtes belle! s'exclama son compagnon.

– Je vous remercie pour ce compliment, monsieur Overton, répliqua-t-elle d'une façon très conventionnelle. L'air marin donne un joli teint à toutes les femmes.

– Croyez-vous? Vous me taquinez! Mais vous êtes belle, très belle, et je n'ai pas peur de le répéter.

– Flatteur! fit-elle sans le prendre au sérieux.

– Non, je ne vous flatte pas, déclara-t-il sur un ton si insistant qu'elle s'empressa de lancer :

– Il se fait tard. Nous ferions bien de rentrer.

– Ne voulez-vous pas m'écouter? s'enquit-il en lui prenant les rênes des mains. Redoutez-vous de m'entendre dire que...

– Je crains que vous ne vous comportiez d'une manière stupide et que nous le regrettions ensuite tous les deux, expliqua-t-elle d'une voix neutre, tandis qu'un certain affolement la gagnait intérieurement. Rentrons. Il est presque midi.

Elle reprit ses rênes et se mit en route, remontant le

sentier. Au sommet se trouvait une vieille femme, enveloppée dans un châle noir, qui se tenait courbée pour cueillir des herbes. Elle se redressa à l'approche du cheval, montrant un étrange visage ridé qui semblait avoir été sculpté dans du bois sombre. Elle s'avança, tandant une main décharnée, et la jument fit un écart.

– Arrêtez-vous, ma beauté, laissez la vieille Nan vous dite la bonne aventure. Mettez une pièce dans cette main et je vous dévoilerai le passé et l'avenir.

– Écartez-vous! ordonna brutalement Malcolm. Vous effrayez nos montures.

– Je vais les calmer, assura-t-elle.

Elle commença à chanter un air bizarre. Les bêtes pointèrent les oreilles et cessèrent soudain de s'agiter.

– Vous voyez, j'ai de nombreux pouvoirs! s'écria-t-elle en riant. Allons, Lady, permettez à Nan de vous prédire votre avenir.

– Écartez-vous! répéta Malcolm.

Mais Lalia intervint en faveur de la curieuse créature.

– Sa proposition me tente, laissez-la faire, décida-t-elle en sortant un shilling de sa poche.

– Donnez-moi votre main, Lady, fit la vieille femme après avoir empoché l'argent d'un geste avide.

Lorsque Lalia sentit les doigts crochus se refermer sur les siens, elle regretta de n'avoir pas passé son chemin. Malcolm lui décocha un sourire railleur.

– Méfiez-vous des grandes révélations! ironisa-t-il.

La femme marmonna d'abord des paroles incompréhensibles pour elle-même, puis elle se mit à parler plus clairement, mais de façon à être entendue de Lalia seule.

– Il y a eu un drame dans votre vie... Votre orgueil a été touché, mais pas votre cœur.

– Que voyez-vous pour le futur? s'enquit Lalia avec impatience.

– Je vois des problèmes... Vous mentirez et vous le

regretterez dans les larmes! Je vois un soleil brûlant... aucun arbre... un danger!

Elle lâcha la main de Lalia et recula.

– Partez, je ne peux pas vous en dire plus... Mais prenez garde au couteau... au grand couteau...

Lalia resta un bref moment sans réaction, puis elle fouetta son cheval, animée par un irrésistible désir de fuir. L'effroi collait à son corps comme une seconde peau. Malcolm avait eu raison de se moquer d'elle. Jamais elle n'aurait dû écouter cette créature!

Le jeune homme la rattrapa et l'obligea à faire une halte.

– Vous êtes très pâle. Vous devriez vous reposer un instant.

– Non, je vais très bien, répondit-elle en se forçant à sourire. Mais je viens d'entendre de telles sottises!

– Évidemment! Que pourrait savoir cette pauvre folle de votre avenir?

Il posa sa main sur le bras de Lalia et elle frissonna à ce contact.

– L'avenir sera ce que nous en ferons, ajouta-t-il avec une intense gravité. Nous obtiendrons ce que nous désirons si nous nous y appliquons suffisamment. Moi, ce que je désire le plus au monde...

– Non, taisez-vous! cria-t-elle en se dégageant.

Pour lui échapper, elle repartit au galop, ne s'arrêtant que là où leurs chemins se séparaient afin de prendre froidement congé de lui. Elle se reprochait d'être partie seule avec lui et se promit de se montrer plus prudente à l'avenir.

L'avenir! L'image de la vieille femme s'imposa à son esprit et sa voix résonna de nouveau, la mettant en garde contre le couteau, le grand couteau...

15

Lalia venait de passer une matinée bien déplaisante. Les terribles paroles de la diseuse de bonne aventure la hantaient et le comportement de Malcolm, incapable de dissimuler sa passion, la plongeait dans un vif embarras. Sa vanité s'en trouvait flattée, mais son devoir lui commandait de tenir dorénavant à distance ce jeune homme dont elle appréciait pourtant la compagnie.

Se refusant à se tourmenter tout l'après-midi, elle décida d'aller rendre visite à Lady Grenfell afin de se changer les idées. Elle bavarda quelques instants avec sa belle-mère qui se préparait pour sa sieste, jeta un coup d'œil dans la nursery, puis alla s'habiller. Lorsque Minnie lui apporta une robe en laine grise, elle la refusa sous le coup d'une soudaine impulsion.

– Non, donne-moi plutôt la nouvelle. Mon année de deuil est presque terminée.

Minnie ne se fit pas prier. Elle courut chercher l'éblouissante toilette en velours bleu commandée récemment à une modiste de Londres.

– C'est exactement la couleur de vos yeux! s'exclama-t-elle avec enthousiasme.

Lalia la revêtit, mit ensuite sa veste de fourrure et son chapeau, et s'observa dans la glace. Elle s'étonnait à présent de ce brusque désir d'afficher une élégance dernier cri telle que Lady Grenfell ne pouvait guère la surpasser.

Cette dernière la reçut dans un salon confortable assez dépouillé. Elle avait renoncé aux lourdes tentures et aux meubles encombrants pour l'aménager d'une manière moins solennelle. Le soleil entrait à flots par les fenêtres.

– Comment allez-vous, madame Brookford? fit-elle aimablement. C'est très gentil à vous de venir me voir!

Elle s'exprimait d'une façon mélodieuse et indiqua d'un geste gracieux un fauteuil à Lalia.

– Je songe à vous rendre visite depuis longtemps, expliqua celle-ci. Notre rencontre s'impose d'autant plus que vous connaissiez mon mari et sa famille à ce qu'on m'a raconté.

– En effet. Mais dès l'instant où je me suis mariée, je me suis coupée des gens de la région. Je me réjouis à l'idée de revoir Mme Brookford. Elle est de santé fragile, paraît-il?

Au courant des sentiments de la mère de Jerome à l'égard d'Edwina Grenfell, Lalia s'empressa d'insister sur l'état de faiblesse de sa belle-mère. L'arrivée de deux domestiques apportant le thé lui permit d'abandonner ce sujet gênant.

Elle était consciente de l'examen minutieux auquel la soumettait son hôtesse. Les grands yeux à la couleur si particulière enregistraient chaque détail de sa tenue et elle se félicita d'avoir choisi sa plus belle robe.

Lady Grenfell était vêtue de taffetas vert. Des émeraudes scintillaient à ses oreilles et sur ses doigts. La lumière faisait briller ses cheveux sombres, savamment relevés en une coiffure qui découvrait la finesse de son cou.

Au cours de leur conversation, les deux femmes évoquèrent leurs voisins, et en particulier Mme Overton que Lady Grenfell avait prise en sympathie.

– C'est une personne charmante. Je trouve son fils très séduisant et sa fille aînée, que j'ai rencontrée au village ce matin, m'a produit une excellente impression.

– Comment, vous avez rencontré Violet! s'écria Lalia,

stupéfaite. Je la croyais retenue chez elle par un refroidissement.

Lady Grenfell éclata de rire.

– Elle se portait à merveille quand je l'ai vue. Elle semblait seulement chagrinée d'avoir dû se priver d'une sortie à cheval.

Songeuse, Lalia but lentement son thé. Malcolm avait usé d'une ruse pour pouvoir se promener seule avec elle. Elle ne lui épargnerait pas ses reproches. Comme il avait mal agi! Relevant la tête, elle surprit le regard de son hôtesse fixé sur elle.

– J'étais impatiente de faire votre connaissance, madame Brookford, déclara-t-elle en souriant. J'ignorais que Jerome s'était marié. J'en suis heureuse. Sinon, je me serais sentie... coupable.

Lalia posa sa tasse et fut soudain sur le qui-vive car Lady Grenfell avait en l'espace d'une seconde complètement changé d'expression, comme si un masque était tombé. Ses yeux avaient viré au vert, et ils brillaient d'un éclat dur et froid. Lalia comprit très vite qu'elle se trouvait devant une ennemie et, jugeant que l'attaque constituait le meilleur moyen de se défendre, elle lança :

– Vous faites sans doute allusion à vos fiançailles rompues avec Jerome.

Une lueur de mécontentement passa dans le regard glacial.

– On se méprend parfois sur ses sentiments lorsqu'on est très jeune, ajouta-t-elle sans se laisser intimider.

– Les sentiments que Jerome éprouvait pour moi étaient absolument sûrs! rétorqua vivement Lady Grenfell.

– On ne peut en dire autant des vôtres à son égard, répliqua Lalia avec une tranquillité exaspérante. Vous n'avez pas hésité à l'abandonner pour épouser Sir Conrad Grenfell.

– J'avais pris mon engouement de petite fille à l'égard de Jerome pour une grande passion. Sa fougue a prolongé mon illusion pendant un certain temps, puis j'ai perçu mon erreur.

– Et découvert votre amour pour Sir Conrad! compléta Lalia avec une pointe d'ironie. J'espère que votre union a été heureuse.

– Très heureuse, assura-t-elle avec force tandis qu'une ride involontaire barrait son joli front. Mon mari était en adoration devant moi et sa mort subite m'a absolument désemparée.

Pour mieux convaincre son interlocutrice, elle porta un mouchoir de dentelle à ses yeux.

– Je vous comprends, soupira Lalia. Combien de temps comptez-vous rester dans le Dorset?

– Je ne partirai que si je m'ennuie, répondit-elle avec désinvolture. J'ai l'intention de profiter de la vie, de voir mes amis et mes voisins. A propos, il faudra que vous veniez dîner très bientôt avec Jerome. Nous aurons beaucoup de choses à nous dire, lui et moi, et tant de souvenirs à évoquer!

– Je suis curieuse d'assister à cette évocation, déclara sèchement Lalia en se levant et en enfilant sa veste de fourrure. Je dois vous quitter à présent. Jerome ne rentre pas ce soir et je ne veux pas laisser ma belle-mère trop longtemps seule.

Lady Grenfell haussa les sourcils en signe d'étonnement.

– Jerome est absent aujourd'hui!

Elle eut un petit rire qui alerta Lalia.

– Voilà donc pourquoi M. Malcolm Overton a inventé un prétexte pour que sa sœur ne sorte pas avec lui ce matin! Oh, je me mêle de ce qui ne me regarde pas, pardonnez mon indiscrétion! Mais malgré moi, j'ai été surprise de vous voir passer avec le séduisant Malcolm. Jerome est aussi un passionné d'équitation. Nous avions l'habitude de nous promener à cheval ensemble tous les jours. Bien entendu, il ne peut pas vous accompagner lorsqu'il n'est pas là.

– En effet, confirma Lalia sur un ton coupant. Étant donné votre penchant à l'indiscrétion, il est bien regrettable que vous nous ayez vus, Malcolm et moi. Calomnier les autres est sans doute un jeu amusant, mais dangereux.

Lady Grenfell accueillit cet avertissement non déguisé avec un rire sonore et insouciant.

– J'adore m'amuser, et le danger est un stimulant précieux! Ne m'en veuillez pas, chère madame Brookford.

Lalia fit rapidement ses adieux et durant tout le trajet du retour, elle bouillonna d'une rage contenue. Elle voyait en Edwina Grenfell une créature assez perverse pour semer le trouble sans remords à la seule fin de se distraire. Elle n'éprouvait même pas de honte à revenir sur le passé! Que ressentait-elle exactement pour Jerome aujourd'hui? Sans doute lui tenait-elle rancune de s'être marié. Pour satisfaire sa vanité, il aurait dû se laisser mourir d'amour. Une femme aussi belle et gâtée par la vie était probablement incapable d'accepter qu'un homme pût finir par l'oublier. A force de réfléchir, Lalia en arriva à la conclusion qu'elle devait informer elle-même Jerome de sa promenade avec Malcolm. Mieux valait qu'il l'apprît d'elle que d'une personne malveillante.

Il rentra tôt le lendemain matin et partagea le petit déjeuner de Lalia.

– Les travaux peuvent commencer dans les logements des employés, annonça-t-il.

– Tant mieux, j'en suis ravie, répondit-elle. Vous avez du courrier, Jerome, le voici.

– Merci. Comment se porte la petite Elizabeth?

– A merveille. Je suis allée à Belmont hier.

– Que pensez-vous d'Edwina?

– C'est une femme admirable. Elle a aménagé sa maison avec beaucoup de goût, mais elle ne semble pas m'aimer beaucoup.

– Où avez-vous pris une idée pareille?

Lalia hésita avant d'expliquer en rougissant :

– Elle aurait sans doute préféré que vous passiez le restant de votre existence à vous languir d'elle.

– C'est ridicule! lança violemment Jerome. Nos fiançailles appartiennent à un temps révolu.

Ces propos procurèrent un étrange soulagement à Lalia.

– Oui, c'est ridicule, admit-elle.

Jerome rejeta la tête en arrière et laissa libre cours à son hilarité.

– Oh, je vous imagine toutes les deux, poliment assises l'une en face de l'autre, vous décochant sans en avoir l'air de nombreux petits traits perfides! Méfiez-vous des griffes d'Edwina, ma chère, elles sont acérées!

Comme il se levait, se préparant à partir, Lalia tendit la main pour le retenir.

– Attendez, Jerome. Je dois encore vous dire que je me suis promenée avec Malcolm Overton hier matin. Violet n'a pas pu se... se joindre à nous. Peut-être aurais-je dû renoncer à cette sortie.

– Pas du tout, fit-il en haussant ses sourcils bruns. Où est le mal? J'espère que vous avez passé un bon moment.

– Oui, je... je...

– Que me cachez-vous encore? lança-t-il sur un ton si impatient que Lalia sursauta. Allons, parlez, je vous connais!

– Vous me connaissez même trop bien, protesta-t-elle, mi-fâchée, mi-amusée. Eh bien, Lady Grenfell nous a vus ensemble et je n'ai pas apprécié sa façon de me le faire remarquer.

– Vraiment! Elle a essayé de vous donner mauvaise conscience. Mais vous savez bien que je ne suis pas jaloux.

– Bien sûr, vous n'avez aucune raison de l'être.

– Et même s'il y avait une raison, vous n'attendriez aucune jalousie de ma part, n'est-ce pas? lança-t-il en se penchant vers Lalia par-dessus la table.

Soumise à l'intensité de son regard et assaillie par toutes sortes de pensées, elle ne sut quoi répliquer.

– Quand je vous ai ramenée de Londres avant que vous ne deveniez un objet de scandale à cause de ce maudit Français, m'avez-vous cru jaloux?

– Je... non, mais non... naturellement, balbutia-t-elle, troublée par son expression. Vous étiez, à juste titre, en colère contre moi, mais nullement jaloux.

Il la fixait avec une telle insistance que son cœur se mit à battre follement dans sa poitrine.

– Je n'étais pas jaloux, en effet, confirma-t-il d'une manière brusque. Il n'y a pas de jalousie sans amour.

Il quitta la pièce sur ces paroles et Lalia resta un moment clouée sur place, le souffle court et l'esprit en proie à une violente confusion.

Quelques jours plus tard, elle accompagna Jerome chez ses employés pour leur distribuer des vêtements. Elle fut soulagée de constater que leurs rapports étaient de nouveau détendus, comme avant la scène un peu curieuse qui avait marqué le petit déjeuner de son retour. Dans la voiture qui les reconduisait au manoir, elle se sentait heureuse et insouciante auprès de lui.

– Je songe à aller à Brighton, annonça-t-elle. Ma tante Flora y séjourne en ce moment et souhaite me revoir. Je peux partir tranquille car Kate s'occupe très bien d'Elizabeth, et votre mère s'appuiera sur Mme Grant pour diriger la maison. Elle se porte d'ailleurs beaucoup mieux depuis son traitement.

Jerome acquiesça d'un hochement de tête.

– Il sera sans doute dans son intérêt de le renouveler. Elle retournera à Londres en juin ou en juillet. Sa sœur qui va revenir des Indes se fera une joie de la recevoir chez elle. Elles ne se sont pas retrouvées ensemble depuis des années.

– Je suis contente pour elle, affirma Lalia.

Elle fixa son départ à Brighton à la semaine suivante et prépara son voyage avec l'aide de Minnie qui se réjouissait de la suivre dans ce déplacement.

Tandis qu'elle bouclait ses valises, un valet vint la chercher de la part de Mme Brookford. Se rendant aussitôt auprès de sa belle-mère, elle fut surprise de la voir dans un état d'agitation extrême.

– Que se passe-t-il? demanda-t-elle avec anxiété. Est-ce que Jerome...

– Oh ma chère, quel choc! Elle est ici! Mme Carew, la mère de Rosa! Elle est venue pour emmener Elizabeth avec elle en Espagne!

– Mais c'est impossible! s'écria Lalia. Il n'en est pas question!

– Elle a hélas plus de droits que nous sur l'enfant. Nous ne pouvons pas lui refuser sa propre petite-fille.

– Elle n'en a pourtant pas voulu lorsque je lui ai écrit pour lui apprendre sa naissance.

– Sa situation a changé, prétend-elle. Elle est maintenant en mesure de lui offrir une existence décente. Chère Lalia, je comprends votre douleur. Et pourtant, j'ai bien peur que nous ne soyons contraints de nous séparer de la petite Elizabeth.

16

Mme Carew se leva avec empressement dès que Lalia parut dans le salon.

– Chère madame Brookford, comme je suis heureuse de vous connaître enfin! Vous avez été si bonne pour ma pauvre Rosa et pour ma petite-fille! J'ai une dette immense envers votre mari et vous-même. Lorsque vous m'avez écrit, ma situation financière ne me permettait pas de me charger du bébé. L'une de mes filles était en outre sur le point de se marier avec un homme bien et je répugnais à révéler à tous la conduite déshonorante de Rosa. Vous ne pouvez pas imaginer mon chagrin quand j'ai été obligée de renoncer à Elizabeth. Mais ma fille est mariée et je n'ai plus de problèmes à présent.

Lalia étudiait la silhouette replète, les yeux sombres et brillants qui lui rappelèrent ceux de Rosa. En choisissant soigneusement ses mots, elle déclara :

– Je suis contente d'apprendre que votre fille est mariée, mais je ne vois pas pour autant comment cela vous donne soudain la possibilité d'assurer le bien-être d'Elizabeth

– Je viens de vous dire que tout a changé! s'exclama Mme Carew en agitant ses mains un peu lourdes. J'ai de l'argent! J'hérite d'une personne de la famille de mon mari qui est morte récemment! Je vais recevoir une somme coquette. Je pourrai mener une vie confortable et accueillir ma petite-fille dans une jolie maison.

– Ah... fit faiblement Lalia dont le cœur se serrait à la vue du visage illuminé par la joie de Mme Carew. Mais n'allons pas trop vite. Elizabeth se trouve très bien ici. Elle est entourée, choyée, et elle se développe tout à fait normalement malgré sa naissance prématurée. Ne prenons pas de décision hâtive.

– Je regrette, mais je suis pressée, affirma Mme Carew. Je tiens à l'emmener à Londres tout de suite. Je m'y suis installée chez une amie qui se charge de régler mes affaires, et je compte repartir très bientôt en Espagne.

– Vous ne pouvez pas nous l'enlever ainsi! s'indigna Lalia. Nous nous sommes occupés d'elle lorsque tout le monde la rejetait et nous nous y sommes attachés!

– Mais moi aussi je l'aime! Si vous saviez les larmes que j'ai versées sur Rosa et sur ma petite-fille! Je suis sa grand-mère, madame Brookford, elle me revient de droit. Vous n'êtes rien pour Elizabeth. Je vous promets de la chérir et de veiller sur elle.

– Tout cela est trop brutal! protesta Lalia en proie à une grande confusion. Je dois en parler avec mon mari.

– Entendu, mais faites vite. Je ne me plais pas beaucoup en Angleterre, aussi suis-je impatiente de retourner dans mon pays avec le bébé.

– Asseyez-vous donc, madame Carew, offrit Lalia, soulagée d'avoir réussi à gagner un peu de temps.

Elle sonna et un domestique leur apporta du café et des gâteaux. Au moment où il sortait de la pièce, Jerôme y entra, en tenue d'équitation, les cheveux légèrement ébouriffés.

– Blackie a été particulièrement dur à maîtriser aujourd'hui... commença-t-il avant d'avoir remarqué la présence de la visiteuse.

– Madame Carew est venue chercher Elizabeth pour l'emmener chez elle, annonça Lalia d'un trait, sans pouvoir contrôler les tremblements de sa voix. Grâce à un héritage, elle est en mesure désormais d'élever l'enfant de Rosa.

Avec une vivacité toute méridionale, Mme Carew se

lança dans une série d'explications ponctuées de gestes et de mines expressives. Les sourcils froncés, Jerôme l'écouta attentivement. Lorsqu'elle se tut enfin, il se tourna vers Lalia et déclara :

– Madame Carew a le droit d'emmener l'enfant. Nous n'avons aucun lien de parenté avec elle et Alvin refuse de la reconnaître.

– Comment? s'écria Lalia, devenue très pâle. Est-ce à dire que vous laissez partir cette petite qui est si heureuse ici et que nous aimons tant? Ne prenez-vous donc même pas la peine de vous renseigner sur les conditions d'existence que lui offre madame Carew?

– J'entreprendrai toutes les enquêtes nécessaires, affirma Jerome en s'approchant d'elle, mais je crois qu'il faut vous résigner à perdre Elizabeth.

– Je m'occuperai bien d'elle, je l'aimerai, promit Mme Carew dont les yeux s'emplirent soudain de larmes. Sa présence me consolera un peu de la mort de ma pauvre Rosa.

Sur le point de pleurer elle aussi, Lalia se leva et se dirigea vers la fenêtre, ne se souciant plus des propos que la femme émue échangeait encore avec Jerome. Le soleil brillant semblait se moquer de son malheur. Elle ne verrait pas grandir Elizabeth, sa chambre redeviendrait une pièce vide. Son départ allait laisser un vide épouvantable dans sa vie. Comment le combler? se demanda-t-elle avec angoisse.

Mme Carew quitta le manoir après s'être mise d'accord avec Jerome pour revenir chercher Elizabeth huit jours plus tard. Elle avait refusé d'attendre davantage. Jerome l'accompagna jusqu'à sa voiture, puis rejoignit Lalia. Passant un bras autour de ses épaules, il lui expliqua :

– Je vais me rendre au plus vite à Londres afin de m'assurer que la mère de Rosa vient réellement de recevoir un héritage. Nous ne pouvons rien faire d'autre. Peut-être vaut-il mieux qu'Elizabeth se retrouve au sein de sa vraie famille.

– Elle... elle me manquera terriblement, balbutia Lalia sans regarder son mari.

Il resserra son bras autour d'elle, lui signifiant son soutien, sa compréhension.

– Je le sais. A moi aussi.

Lalia se laissa aller contre lui. A son contact, elle retrouvait de la force, du courage, de la sérénité. Ils restèrent ainsi en silence pendant quelques minutes. Lalia parvint à prendre un peu de recul par rapport à la situation et déclara :

– Je dois trouver un moyen de penser à autre chose, Jerome. Je suis si triste... si triste.

– Votre voyage à Brighton vous...

– Oh non, je n'y vais plus!

– Vous partirez comme vous l'aviez prévu, ma chère, décida-t-il sur un ton sans réplique, et vous resterez là-bas jusqu'à ce que je vous invite à rentrer.

Lalia devinait ses intentions. Il voulait lui éviter d'être présente lors du départ d'Elizabeth.

– Vous êtes bon, Jerome, fit-elle du fond du cœur. Je vous suis reconnaissante de votre gentillesse et de votre sollicitude.

Il la relâcha avec une brusquerie qui la surprit et lança :

– Pensiez-vous donc que je comptais être un mari méchant et indélicat?

– Mais non, murmura-t-elle, déconcertée par son soudain changement d'attitude. Depuis le début, nous sommes bons amis.

– Bons amis, répéta-t-il lentement. Oui, tels étaient les termes de notre arrangement. De l'amitié, rien de plus.

Il se détourna et ajouta d'une voix différente :

– Excusez-moi, je dois faire quelques préparatifs pour partir à Londres demain.

La journée suivante parut interminable et douloureuse à Lalia. Elle était obligée de donner raison à Jerome et s'attendait à le voir revenir en confirmant qu'il n'existait aucun motif pour priver Mme Carew de sa petite-fille.

Et le terrible moment de la séparation arriva. Jerome dut arracher la petite Elizabeth des bras de Lalia et l'entraîner de force hors de la nursery, malgré ses supplications et ses larmes. Il la conduisit jusqu'à Dorchester et elle ne prononça pas un mot pendant le trajet, de peur de se remettre à pleurer. Au moment où elle prenait congé de Jerome, un homme s'engagea sur le quai en courant, suivi par un porteur chargé de ses bagages.

– Overton! s'exclama Jerome. Vous tombez bien! Vous tiendrez compagnie à ma femme. Montez vite, le train va partir.

Par la fenêtre, Lalia adressa des signes d'adieu à Jerome ; quand elle se retourna, Malcolm pénétrait dans son compartiment. Très essoufflé, il s'effondra sur la banquette en face d'elle, et retira ses gants et son chapeau.

– Un peu plus, je manquais le train! maugréa-t-il. Ma mère m'a retardé en me chargeant d'innombrables messages pour Fanny qui se trouve à Brighton.

– Avez-vous pour mission de ramener votre jeune sœur à la maison? s'enquit Lalia en s'efforçant de sourire.

Durant le voyage, Malcolm se montra à la fois amusant et direct, et elle lui fut reconnaissante de l'aider à lutter contre son désespoir. Il la quitta à la gare en lui promettant de venir la voir avec Fanny.

Tandis que Minnie suspendait les robes de sa maîtresse et disposait sur la coiffeuse ses accessoires de toilette en cristal et argent, le chasseur de l'hôtel monta un énorme bouquet de roses rouges. Lalia sourit et soupira à la fois en lisant la carte qui l'accompagnait. Quelle attention charmante! Et pourtant, elle devrait gronder Malcolm à la première occasion.

Elle rencontra sa tante dès le lendemain et elles discutèrent du drame que représentait pour Lalia le départ de la petite Elizabeth.

– Je suis désolée pour vous, déclara Miss Flora, mais un jour...

Elle hésita, toussota et détourna les yeux.

– ... un jour, vous aurez sans doute votre... votre propre famille.

Pour toute réponse, Lalia se leva et annonça presque sèchement :

– Je reviendrai demain, ma tante, et je vous emmènerai en promenade.

A son retour à l'hôtel, elle trouva Malcolm qui l'attendait, souriant et détendu.

– N'aimeriez-vous pas faire quelques pas sur le bord de mer? proposa-t-il. C'est une journée magnifique.

Regardant par la fenêtre, elle vit l'eau d'un bleu intense sous le ciel sans nuage. Des gens allaient et venaient avec nonchalance. Les toilettes des femmes et leurs ombrelles dansaient un ballet multicolore et gai. Lalia ne résista pas à la tentation de se fondre dans ce monde de joie insouciante, et elle répondit :

– Oui, Malcolm, je vous suis volontiers.

Il sut la distraire en lui désignant au passage des célébrités londoniennes et deux altesses royales, puis ils s'arrêtèrent pour prendre le thé. Le regard de Malcolm exprimait une fois encore une franche admiration et il ne se lassait pas d'étudier sa compagne assise en face de lui, charmante dans sa robe en popeline blanche coquettement ornée de rubans bleus, et coiffée d'un chapeau de soleil décoré de myosotis et de boutons de roses.

Quelques jours plus tard, Lalia reçut une lettre de sa belle-mère, lui apprenant le départ d'Elizabeth avec Mme Carew. Elle la priait de ne pas se ronger d'inquiétude car de toute évidence, l'enfant ne manquerait de rien dans son nouveau foyer. La fin de la missive intrigua Lalia.

« Quand pensez-vous revenir? » demandait Mme Brookford. « Permettez-moi de vous conseiller de ne pas trop tarder. Lady Grenfell nous rend de nombreuses visites et invente toutes sortes de prétextes pour attirer Jerome à Belmont. Il y va trop souvent à mon goût »

Songeuse, Lalia reposa la lettre. Connaissant l'antipathie de sa belle-mère pour Edwina, elle se refusait à prendre ses insinuations au sérieux. La jeune femme était cependant très belle et absolument dénuée de scrupules. De quoi n'était-elle pas capable pour réveiller les sentiments que Jerome avait éprouvés pour elle?

Finalement, Lália décida d'avancer la date de son retour, non pas à cause du comportement d'Edwina, se dit-elle, mais pour s'accoutumer au plus vite à la maison privée de la présence d'Elizabeth.

Elle passa la majeure partie du temps qui lui restait avec sa tante. Pendant le voyage, elle se réjouit à l'idée de se retrouver chez elle. Son cœur se mit à battre très fort lorsque le train entra en gare et qu'elle aperçut la silhouette de Jerome.

– Oh Jerome! s'écria-t-elle en ouvrant la portière et en descendant prestement auprès de lui sur le quai.

L'espace d'une seconde, elle eut l'étrange impression qu'il allait la prendre dans ses bras, mais il se contenta de serrer ses mains entre les siennes et de lui sourire.

– Je suis heureux de vous voir. Le manoir était bien vide sans vous.

Une fois installée auprès de lui dans la voiture, Lalia lui demanda :

– Que s'est-il passé en mon absence?

La soudaine gravité de son expression l'alarma.

– Qu'y a-t-il, dites-moi! insista-t-elle.

– Alvin est mort. Il a succombé à des poussées de fièvre de plus en plus violentes. Lalia resta un instant sans voix, puis murmura :

– Au fond, nous devions nous attendre à une telle nouvelle. Avec la vie qu'il menait...

– Ça ne m'a guère surpris, je l'avoue, coupa Jerome, mais je n'avais toutefois pas prévu qu'il me lèguerait le domaine de Silverstone.

17

– Alvin vous a légué Silverstone! s'exclama Lalia dès qu'elle retrouva l'usage de la parole. Mais pourquoi?

Jerome haussa les épaules.

– J'en suis aussi étonné que vous. Nous ne nous aimions pas beaucoup. Il me jugeait sombre et trop sérieux et je l'estimais... Qu'importe maintenant! Sa faiblesse de caractère venait surtout de son éducation.

– Comme la mienne, n'est-ce pas? lança Lalia en regardant le paysage défiler par la vitre de la voiture.

– Non! fit-il avec une violence inattendue. Votre père et votre tante vous ont gâtée, c'est exact, mais vous ne manquez ni de volonté, ni de fermeté. Alvin en a toujours été dépourvu. Je regrette qu'il soit mort et... et je ne veux pas de sa plantation.

– Il faut l'accepter, Jerome. C'est à vous qu'il l'a donnée et non pas à sa mère. Vous devez respecter le désir d'un mourant. Pauvre Mme Prior, elle me rend sans doute responsable de cette fin tragique comme elle me reprochait la fuite de son fils! Je vais lui écrire. Elle doit être tellement malheureuse!

Le reste du trajet se déroula dans le silence; de sombres pensées et de tristes souvenirs assaillant Lalia et son mari.

Tandis qu'elle revenait au manoir, sa belle-mère se préparait à partir à Londres pour revoir sa sœur et suivre une seconde fois le traitement du Dr Helmer.

– Quelle joie de vous avoir parmi nous, s'exclama-t-elle chaleureusement. C'est dommage que je doive vous quitter si vite!

Son absence coïncida en effet avec des journées difficiles pour Lalia. Dès qu'elle se trouvait seule, sa mémoire la ramenait à l'époque de ses fiançailles. Nostalgique, elle se promenait des heures durant dans les jardins de Hildon. Jerome surgit soudain à ses côtés au cours de l'une de ses sorties et, s'emparant de son bras, l'interrogea sans détour :

– Vous pensez à Alvin, n'est-ce pas?

– Oui, à Alvin et à Rosa. Leurs vies ont été si courtes, si tristes.

– Alvin vous a trahie, je ne peux pas le lui pardonner. Et pourtant, s'il vous était resté fidèle...

Jerome prit Lalia par les épaules et elle sentit la chaleur de ses doigts à travers la soie de sa robe.

– Regrettez-vous de m'avoir épousé? demanda-t-il. Dites-moi la vérité!

Impressionnée par son expression et les accents pressants de sa voix, Lalia recula instinctivement.

– Mais non... non, je ne le regrette pas. Je suis très heureuse ici. Vous êtes bon avec moi et il ne me manque rien.

Tout en parlant, elle se rendit compte qu'il lui manquait pourtant quelque chose. Quoi? Elle ne le savait pas vraiment. Elle ne désirait rien de plus que ce qu'elle avait, mais parfois, elle éprouvait cependant un obscur sentiment d'insatisfaction.

Jerome la relâcha et ils se remirent à marcher. Au bruit d'un élégant phaéton qui remontait l'allée à vive allure, ils tournèrent soudain la tête.

– Voici quelqu'un! s'exclama Lalia.

– C'est Edwina... Lady Grenfell, déclara Jerome. Elle aime conduire elle-même et elle s'y entend à mener des chevaux.

Une fois encore, elle était habillée de vert, couleur qui

s'accordait à celle de ses yeux et contrastait avec sa chevelure sombre aux reflets cuivrés.

– J'ai appris votre retour, dit-elle à Lalia et je suis venue vous saluer. Votre belle-mère s'ennuyait beaucoup de vous.

Le regard brillant, Lalia répondit :

– Jerome s'ennuyait aussi de moi.

– Naturellement, acquiesça Edwina en prenant place dans une fauteuil du salon. J'ai fait de mon mieux pour le distraire durant votre absence. Il a eu la gentillesse de me donner des conseils sur des affaires bien rébarbatives pour mon esprit féminin. Il m'a même consacré davantage de temps que je n'aurais osé lui en demander.

Elle eut un petit sourire et changea brusquement de sujet :

– J'ai découvert que vous connaissiez M. Voizard. Nous l'avons rencontré à Londres, mon mari et moi, et nous l'apprécions beaucoup. C'est un homme si cultivé, aux manières tellement charmantes! Mais hélas, quelle mauvaise réputation il s'est faite!

– J'ai moi aussi fait la connaissance de M. Voizard à Londres et je l'ai revu chez les Overton, fit sèchement Lalia.

– Il professe une grande admiration pour vous. A mon avis, il devrait se montrer plus discret mais....ce n'est pas à moi de vous mettre en garde.

– Non, certainement pas! riposta Lalia avec véhémence. Je déplore vraiment votre goût pour le scandale et les insinuations, Lady Grenfell.

– Oh, vous êtes vexée! s'écria-t-elle en élevant la main en un geste d'apaisement. Ne m'en veuillez pas. Jerome a raison, je suis trop directe. Je souhaitais seulement vous aider car vous êtes encore très jeune et vous ignorez combien les gens peuvent se montrer cruels. Ils punissent impitoyablement les plus petites entorses aux conventions sociales, même les plus innocentes. Un rien risque de compromettre nos réputations, je vous l'assure.

– La mienne ne court aucun danger, déclara Lalia alors que Jerome entrait à son tour dans la pièce.

– J'ai demandé qu'on nous serve le thé sur la terrasse, annonça-t-il.

– J'en suis ravie! lança Edwina en lui adressant un sourire charmeur. Jerome n'a pas oublié que j'adore vivre dehors dès que le temps le permet.

Lalia étouffa la remarque acide qui lui vint aux lèvres. La visiteuse la provoquait délibérément, elle en était consciente, et elle se refusait à lui faire le plaisir de mordre à l'appât. Pourquoi cherchait-elle à séduire Jerome? Par pur amusement, pour mettre un peu de piment dans son existence monotone, ou dans l'intention de le détourner réellement de sa femme?

Avec une colère croissante, Lalia entendit ensuite Edwina multiplier sans aucune gêne les allusions au passé. Elle s'entretenait avec Jerome à mi-voix, d'une manière presque confidentielle qui excluait Lalia de la conversation. Dès que Jerome se détournait pour lui parler, Edwina posait la main sur son bras et l'accaparait de nouveau en murmurant :

– Oh, Jerome, vous souvenez-vous de...

Pendant ce temps, Lalia feignait de se passionner pour un rouge-gorge auquel elle jetait des miettes de gâteau. A bout de patience, elle finit par se lever.

– Je vous prie de m'excuser, Lady Grenfell.

Sans autre explication, elle rentra dans la maison. Les joues brûlantes, les poings serrés, elle resta un moment dans l'entrée, paralysée par la fureur. Edwina ne manquait vraiment pas d'audace pour se conduire ainsi! Ses dernières paroles résonnaient encore à ses oreilles.

– Allez donc, ma chère, Jerome me tiendra compagnie. J'ai l'impression d'être revenue des années en arrière, avait-elle répondu avec un sourire suave.

Les doutes de Lalia se transformaient à présent en certitude. Edwina était décidée à reconquérir Jerome. Elle lui avait jadis préféré la fortune et un titre. Elle les possédait à présent et, insatiable, elle songeait aussi à régner de nouveau comme naguère sur le cœur de Jerome. Lalia ne le croyait certes pas assez naïf pour tomber dans le piège. Cette femme était toutefois très habile. La vanité masculine pouvait-elle résister à ses avances?

Une heure s'écoula encore puis, par la fenêtre du salon, Lalia vit le phaéton redescendre l'allée. Monté sur Blackie, Jerome l'escortait.

Il rentra juste pour le dîner et s'excusa de ne pas avoir le temps d'échanger sa tenue d'équitation contre un habit de soirée. Lalia ne lui fit aucune réflexion et bavarda comme à l'ordinaire durant le repas. Lorsqu'ils se retrouvèrent seuls dans le salon, elle ne put cependant pas s'empêcher de demander sur un ton sarcastique :

– Quel problème d'affaires Edwina a-t-elle encore inventé pour vous attirer à Belmont?

Jerome ne répondit pas, comme s'il jugeait cette question indigne d'elle, et son attitude plongea Lalia dans un état d'agitation étrange et douloureux.

– Ne voyez-vous donc pas qu'elle se moque de vous?

– Elle voulait mon avis sur des projets d'agrandissement pour sa maison de Londres, expliqua-t-il d'une voix neutre.

– N'est-elle pas assez riche pour consulter un architecte? Que vous lui consacriez tellement de temps ne me dérange pas personnellement, mais d'autres risquent de s'étonner.

– De s'étonner parce que j'aide une amie?

– Non, mais de votre empressement auprès d'une femme qui vous a abandonné pour un autre homme! s'écria Lalia, cédant à une colère qui retomba aussitôt, réduite à néant par le regard méprisant de Jerome.

Il se leva immédiatement et quitta la pièce sans prononcer un mot.

Le lendemain, Lalia reçut une lettre d'une des rares personnes qui pensaient encore à elle dans le Yorkshire. Sa correspondante mentionnait sa cousine, Nina Grange, qui séjournait chez sa grand-mère à Dorchester, pendant que Lady Grange emmenait son autre fille dans la haute société « La pauvre Nina doit terriblement s'ennuyer chez sa grand-mère », écrivait la jeune femme.

Lalia voulut parler de sa cousine à Jerome, mais elle n'osa pas. Contrairement à ses habitudes, il lisait le journal pendant le petit déjeuner et semblait ignorer délibérément sa présence. Malgré le beau temps, elle se sentait glacée intérieurement. Comme elle regrettait ses paroles blessantes de la veille! Jerome ne les lui avait pas encore pardonnées.

Elle baissa de nouveau les yeux sur sa lettre et partagea la pitié de sa correspondante à l'égard de Nina Grange. Elle ne s'était guère montrée gentille avec elle dans le passé, la jugeant stupide et inintéressante, mais elle la plaignait. Aujourd'hui entre sa mère, futile et vaine, et sa jeune sœur de tempérament égoïste et agressif, elle n'avait sans doute pas eu beaucoup de bonheur. « Je vais l'inviter au manoir », se promit-elle.

Au même moment, Jerome quitta la table en annonçant froidement.

– J'ai l'intention de rejoindre ma mère à Londres où je dois régler certaines questions pour la succession de Silverstone. Vous ne voyez pas d'inconvénient à rester seule ici, n'est-ce pas?

– Aucun, répondit Lalia en feignant une indifférence qu'elle était loin d'éprouver.

Jerome avait-il réellement besoin de partir ou désirait-il la punir? L'orgueil aidant, elle se ressaisit vite et s'empressa d'ajouter d'un air désinvolte :

– Je comptais justement demander à Nina Grange de venir à Hildon. Elle se trouve actuellement chez sa grand-mère à Dorchester et les distractions doivent lui manquer.

Jerome haussa les sourcils, surpris sans doute par la soudaine bienveillance de Lalia à l'égard de sa cousine, mais il se contenta de déclarer :

– Faites comme bon vous semble.

Tout de suite après son départ, Lalia se mit en route pour Dorchester. La grand-mère de Nina ne recevait pas et la jeune fille lui offrit du café dans une petite pièce étouffante tant elle était encombrée de meubles.

– Je viens d'apprendre que vous êtes ici, déclara Lalia, et je souhaite que vous passiez quelques jours avec moi au manoir de Hildon.

– Je n'avais pas songé à vous avertir de mon arrivée parce que...

Rougissante, Nina s'interrompit et la considéra avec un étonnement non déguisé.

– Parce que je ne vous ai manifesté aucune amitié lorsque je vivais dans le Yorkshire, termina Lalia à sa place. Je le regrette, Nina.

Sa jeune cousine accepta sa proposition dans un élan d'enthousiasme, mais se rembrunit aussitôt.

– Ma grand-mère est si sévère! se lamenta-t-elle.

– Dois-je lui demander la permission de vous inviter? s'enquit Lalia.

– C'est inutile. Ma présence la gêne. Elle sera ravie d'en être provisoirement délivrée, avoua-t-elle.

– Dans ce cas, je vous enverrai la voiture après-demain, décida Lalia.

En réfléchissant durant le trajet du retour, elle dut reconnaître qu'elle n'avait pas recherché si promptement la compagnie de Nina par pure bonté. Il lui fallait une occupation pour cesser de penser à la conduite d'Edwina et pour oublier la colère contenue de Jerome. Ils ne s'étaient pas disputés mais au fond, une vraie querelle aurait mieux valu que ce climat tendu, cette atmosphère chargée de pensées et de sentiments inexprimés. Lalia se surprit à frissonner. Sa bonne entente avec Jerome était-elle compromise? De nouveaux nuages menaçaient-ils encore une fois sa vie? Aujourd'hui, la cause de ses soucis se nommait Edwina. « Elle aime encore Jerome », songea-t-elle. « Et lui, l'aime-t-il encore aussi? »

18

De retour au manoir, Lalia reçut la visite des Overton. Violet se plaignit de s'être ennuyée pendant son absence mais, lorsque Malcolm lui proposa de reprendre leurs sorties à cheval, elle refusa, se réfugiant derrière le prétexte de la proche arrivée de sa cousine.

Loin de sa mère et de sa sœur, Nina se révéla une compagne très agréable. Elle manifesta une immense gratitude à l'égard de Lalia dont la nouvelle attitude l'enchantait.

– Je croyais vous connaître, chère cousine, mais je me trompais. Vous me sembliez toujours si distante et vous aviez l'air de nous mépriser, Harriet et moi, parce que nous n'étions ni aussi belles, ni aussi élégantes que vous.

– Oublions le passé, suggéra Lalia que ce rappel embarrassait et emplissait de remords. J'ai une invitation pour aller jouer au croquet vendredi chez un voisin, M. Cranton. Espérons qu'il fera beau.

– Oh oui, pourvu que la pluie cesse d'ici là! s'écria Nina.

Elle fut exaucée et, quand vint le moment de se préparer, elle avoua à sa cousine :

– Je n'ai rien de très élégant à mettre. Maman dépense son argent pour les toilettes de Harriet. Mais ma robe en popeline bleue fera l'affaire, je pense. Je l'ai garnie de dentelle pour qu'elle soit à la mode.

Les craintes de Lalia se confirmèrent à la vue du vêtement alourdi par une profusion de dentelle bon marché et d'un coloris trop vif pour Nina.

– C'est une jolie robe, dit-elle par politesse, mais une couleur plus douce s'accorderait mieux avec votre teint.

– Hélas, je ne possède rien d'autre, soupira la jeune fille.

– J'ai une robe rose que je ne porte jamais, remarqua Lalia. Voudriez-vous l'accepter? Je vous en fais cadeau.

– Oh non, je ne peux pas!

Lalia insista et Minnie exécuta rapidement quelques retouches. Dans sa nouvelle tenue, savamment coiffée, Nina était très jolie. Elle ne contenait plus sa joie. De son visage transfiguré émanait un charme qui étonna Lalia. Elle fut encore une fois envahie par un sentiment de culpabilité au souvenir du dédain qu'elle avait témoigné à son aimable cousine dans le Yorkshire.

Les Overton se trouvaient déjà chez M. Cranton lorsque Lalia et Nina arrivèrent. Nina souhaita aussitôt jouer et Lalia se contenta de rester spectatrice. Malcolm ne tarda pas à venir auprès d'elle et il lui demanda :

– Quand recommencerez-vous vos promenades à cheval?

– Je n'en ai aucune idée, répliqua-t-elle prudemment. Pour l'instant, je suis prise par ma cousine et ensuite, Jerome rentrera.

Elle tenta de s'éloigner, mais Malcolm s'empara de son bras pour la retenir et murmura :

– Je ne vous vois plus jamais seule. Il faut que je vous parle.

La voix vibrante et l'expression de Malcolm n'étaient que trop éloquente. Lalia se préparait à lui faire la leçon quand une réplique, chargée d'ironie, fut lancée derrière eux.

– Je parie que notre cher Malcolm tente de vous persuader de sortir avec lui pendant que Jerome règle ses affaires à Londres!

Lalia dégagea brutalement son bras et fit volte-face pour affronter le regard rusé et pénétrant d'Edwina. Furieuse contre le jeune homme et contre elle-même, elle riposta :

– Je n'ai pas de temps pour l'équitation en ce moment. J'ai une invitée. Malcolm, voyez-vous ma cousine?

– M. Cranton est en train de lui offrir une tasse de thé répondit-il. Désirez-vous boire aussi?

– Non, merci, fit-elle sèchement. Plus tard.

Elle s'éloigna très raide, la tête haute, maudissant l'apparition inopportune d'Edwina. Elle avait sûrement entendu les propos que Malcolm avait prononcés sur un ton si plein d'ardeur. Il fallait le sermonner, lui interdire de manifester ouvertement son admiration. Son admiration! Il s'agissait plutôt d'amour et Lalia ne le repoussait pas assez vigoureusement. Pourquoi? Lui était-il si doux d'être aimée d'un homme bien qu'elle eût renoncé à l'amour?

Sur le chemin du retour, Nina rayonnait. Elle se montra enjouée et animée, elle était métamorphosée :

Lalia l'observa d'un air malicieux et la questionna gaiement :

– Avez-vous apprécié la compagnie d'Adolphe Cranton? J'ai remarqué qu'il a joué au croquet avec vous, qu'il vous a offert du thé et emmenée faire le tour de son jardin.

– Il est charmant! s'exclama Nina avec un sourire ravi. Il a même manifesté le désir de venir me voir chez ma grand-mère. Pensez-vous qu'elle acceptera?

– Lorsque je lui écrirai pour la remercier de vous avoir autorisée à me rendre visite, je lui dirai qu'Adolphe Cranton est un monsieur hautement respectable, qu'il possède une terre d'un bon revenu, et qu'il a un bel avenir devant lui. Êtes-vous satisfaite?

– Oh oui! Comme vous êtes gentille! s'écria Nina avant de s'absorber dans des rêveries où le jeune homme tenait sans doute le rôle principal.

Elle repartit à Dorchester joyeuse et optimiste, et Lalia

resta seule au manoir de Hildon. Une lettre de Mme Brookford l'informa des nouveaux bienfaits du traitement du docteur Helmer. Jerome chargeait sa mère d'avertir Lalia qu'il devait prolonger son séjour à Londres.

Après avoir pris connaissance de cette missive, la jeune femme s'intalla sur la terrasse pour profiter du soleil de septembre. Contemplant distraitement les pelouses et, plus loin, les prairies voilées d'une légère brume bleuâtre, elle s'interrogea. Jerome n'avait pas voulu lui écrire lui-même. Était-ce possible qu'il fût encore en colère? Au lieu de prendre des mesures contre les manœuvres d'Edwina, il creusait un fossé entre lui et sa femme.

« Je suis sa femme », songea Lalia. Contrariée, elle se leva et se mit à marcher de long en large sur la terrasse, sa longue jupe bleue balayant le sol. Depuis quelque temps, elle se sentait nerveuse, inquiète, agitée. Même la visite de Nina ne l'avait pas vraiment réconfortée. Une douleur sourde rongeait son cœur, comme une faim inapaisée. Que lui arrivait-il?

La sensation confuse se gonfla soudain en elle comme une vague et elle porta la main à sa poitrine. Les pelouses se brouillèrent devant ses yeux emplis de larmes. Elle ne vit pas approcher Malcolm.

– Qu'y a-t-il? Vous pleurez?

Il l'attira vivement vers lui.

– Lalia chérie, vous êtes malheureuse! Je ne peux pas le supporter. Ne soyez pas triste!

– Malcolm!... Lâchez-moi!

Elle tenta de se dégager, mais il la tenait fermement contre lui. Il arborait une expression fiévreuse, la passion brûlait dans son regard.

– Vous êtes à moi, Lalia. Je vous aime. Lui, il ne se soucie pas de vous. Il vous abandonne, il vous laisse à votre chagrin. Je vous aime! Sans vous, ma vie n'est rien.

A ces paroles, Lalia cessa de se débattre. Elle venait de reconnaître le besoin impérieux de l'amour et du désir d'un homme. Tremblante, elle offrit sa bouche aux baisers de Malcolm dont l'ardeur se communiquait à elle.

– Je vous aime, Lalia! répéta-t-il. J'ai essayé de vous oublier, mais c'est impossible. Je ne peux plus vous cacher mes sentiments. Nous devons...

– Non... non... murmura-t-elle dans un sursaut de lucidité, et elle s'arracha soudain à lui. J'entends des pas. C'est Simpson. Je lui avais demandé de soigner ma jument qui boîte. Partez, Malcolm, partez! Oh je vous en supplie, partez!

– Bien, je m'en vais, fit-il, mais je reviendrai, ma chérie. Vous le désirez aussi, n'est-ce pas?

– Oui... murmura-t-elle dans un souffle en reculant encore et en s'efforçant de mettre de l'ordre dans sa coiffure. Mais partez tout de suite... tout de suite!

Il hésita un instant. Les pas se rapprochaient et il se résigna finalement à obéir à Lalia. Elle le regarda s'éloigner sur son cheval, puis quitta la terrasse. L'homme avec lequel elle se trouva face à face lorsqu'elle contourna le coin de la maison n'était pas Simpson mais Jerome qu'elle croyait à Londres. Son cœur s'affola et le sang bourdonna à ses oreilles, tandis que la peur s'emparait d'elle. Il avait tout vu! Tout entendu! Et il étudiait maintenant avec un regard glacial sa chevelure en désordre, ses joues rouges et ses lèvres encore meurtries par les baisers de Malcolm.

19

Jerome barrait le passage à Lalia. Il ne disait rien encore, mais son silence menaçant impressionnait plus la jeune femme que de véhéments reproches. Son mari, l'homme qu'elle avait épousé sans l'aimer, venait de la surprendre dans les bras d'un autre. Témoin caché de la scène, qu'avait-il pensé des déclarations ardentes de Malcolm et de ses baisers? Que ressentait-il? Lalia tenta en vain de parler, aucun son ne passait ses lèvres.

Jerome prit enfin la parole. Sa voix dure, dénuée d'émotion, atteignit Lalia comme un coup.

– Je suis arrivé mal à propos, semble-t-il.

– Vous...

Elle s'efforçait en vain de maîtriser le tremblement convulsif de sa bouche et parvint seulement à balbutier :

– Vous ne deviez pas rentrer aujourd'hui. Je... je viens de recevoir une... lettre de votre...

– J'ai réglé mes affaires plus vite que prévu, coupa-t-il sèchement.

Un brusque soupçon s'empara de Lalia et lui donna l'énergie de s'écrier :

– Seriez-vous revenu pour m'espionner?

Le regard impitoyable de Jerome étouffa le feu de sa colère naissante.

– Non. Jusqu'à présent, j'ai été assez naïf pour vous

faire entièrement confiance. Je n'ai jamais pris au sérieux votre attirance pour Claude Voizard. Mais en ce qui concerne Malcolm, c'est différent... M'avez-vous déshonoré, Lalia?

– Comment osez-vous me poser une telle question? rétorqua-t-elle, l'indignation l'emportant cette fois sur la peur.

– J'ai toutes les raisons de le croire. Il a fort bien caché son jeu pour un jeune homme. Vous, vous saviez qu'il vous aimait, n'est-ce pas? Et vous ne l'avez pas découragé.

Lalia ne l'avait pas non plus encouragé, elle s'était seulement laissé aller à une certaine complaisance, puisant un doux plaisir dans l'idée d'inspirer une passion à un charmant admirateur.

– Avant ce jour, Malcolm ne m'avait jamais avoué ses sentiments pour moi.

– Il a suffi qu'il parle pour que vous vous jetiez dans ses bras! railla Jerome. Voilà comment se conduit ma femme pendant mon absence!

Incapable de se contenir plus longtemps, il s'avança soudain vers elle et la prit par les épaules avec une violence qui lui arracha un cri.

– Vous me paierez ce comportement honteux!

Elle essaya de le repousser des deux mains en se débattant furieusement. Oubliant toute prudence, elle s'écria :

– Et vous, n'avez-vous pas passé le plus clair de votre temps avec Edwina tandis que je séjournais à Brighton? Vous êtes-vous défendu contre ses tentatives pour vous reconquérir?

Sur un ton de plus en plus amer, elle poursuivit irrésistiblement :

– Sans doute n'a-t-elle pas eu besoin de se donner beaucoup de peine. Vous l'avez aimée dans le passé et peut-être l'aimez-vous encore davantage aujourd'hui parce qu'elle vous avait préféré un autre homme! Faute d'avoir pu devenir son mari, vous êtes probablement son amant.

A ces mots, Jerome lâcha Lalia et ses bras retombèrent le long de son corps.

– Le croyez-vous vraiment?

– Et je ne suis pas la seule! répliqua-t-elle avec aigreur. Mais que doivent penser nos voisins qui vous voient courir au-devant de ses moindres désirs? Votre mère n'a pas cessé de me mettre en garde contre le danger que représente Edwina.

– Elle ne l'a jamais appréciée.

– Et vous?

– Je ne partage pas l'antipathie de ma mère.

– Qu'éprouvez-vous exactement pour elle?

Comme jerome ne répondait pas, Lalia recula, une main sur son cœur. Une douleur poignante lui coupait le souffle. Que signifiait ce silence? Aimait-il Edwina?

– Et vous, Lalia, aimez-vous Malcolm? lança-t-il soudain. L'aimez-vous? Parlez!

– Oui! s'exclama-t-elle rageusement. Oui! oui... je l'aime! Je l'aime!

Les mots s'échappaient de sa bouche sans qu'elle puisse en contrôler le flot. Elle était possédée par le désir de faire souffrir son mari autant qu'elle souffrait.

– Que vous importent mes sentiments pour lui? Vous ne voulez pas de mon amour. Seule ma fortune vous intéresse. Je...

Elle s'interrompit brutalement, alertée par la flamme brûlante et intense qui venait de briller dans les yeux de Jerome.

– Vous êtes donc capable d'aimer! fit-il d'une voix rauque. Et moi qui vous croyais inaccessible, ma virginale épouse! Vous n'étiez pas réellement éprise d'Alvin, vous ne l'êtes nullement de moi... mais Malcolm a su vous plaire... comme jamais je ne vous plairai!

Mu par une impulsion imprévisible, il avança tout à coup, attira Lalia contre lui et la tint étroitement serrée, l'emprisonnant comme dans un étau. Il s'empara avec violence de ses lèvres. Dans cette puissante étreinte, le corps de Lalia s'éveilla à un monde inconnu de sensations et de passion dont elle ne soupçonnait même pas l'existence. Une force surgie du plus profond d'elle-même répondit à la fougue de Jerome. Le trouble l'entraînait dans un tourbillon vertigineux.

Lorsque Jerome la relâcha, aussi soudainement qu'il s'était emparé d'elle, elle vacilla et faillit tomber. Ses yeux sombres brillant dans son visage très pâle, il la fixa intensément durant quelques secondes, puis tourna les talons sans un mot et s'éloigna.

Lalia dut s'appuyer contre le mur de la maison en attendant que le calme revînt en elle. Par vagues, le souvenir des baisers de Jerome la submergeait de frissons à la fois délicieux et effrayants. Il avait semé le désordre dans son cœur et dans son esprit.

Tandis qu'elle essayait de comprendre ce qui lui arrivait, elle entendit la voix de Simpson et le trot d'un cheval sur le gravier, puis le silence régna de nouveau sur le manoir. En elle en revanche, les pensées entretenaient un grand tumulte.

Elle avait menti à Jerome. En réalité, elle n'aimait pas Malcolm. Par ailleurs, elle s'était montrée injuste en accusant son mari d'avoir cédé aux manœuvres d'Edwina. Il n'était pourtant pas au-dessus de tout reproche. Pourquoi avait-il proféré des paroles si cruelles sur Malcolm et Lalia, incitant la jeune femme à répliquer avec l'intention de le blesser! Comme elle, il se trouvait bien sûr sous l'empire de la colère, ne contrôlant plus ni ses propos, ni ses actes. Ils s'étaient égarés tous les deux. Lalia se consola avec le projet de rétablir la vérité entre eux, de redresser la situation, mais plus tard, lorsque la tempête soulevée en elle par ses caresses serait apaisée.

Encore tremblante, elle retourna vers la terrasse et y resta assise un long moment, sans avoir conscience du temps qui s'écoulait. Un bruit de pas la rappela finalement à la réalité. Mme Grant se dirigeait vers elle, la perplexité assombrissant son visage d'ordinaire serein.

– M. Brookford m'a chargée de vous remettre ceci... après son départ, annonça-t-elle en tendant à Lalia une lettre fermée par un cachet de cire.

– Après son départ! répéta-t-elle en bondissant sur ses pieds. Mais il... il arrive tout juste. Quand est-il parti?

– A l'instant, avec Blackie. Il a ordonné à Simpson de le suivre avec ses bagages, répondit Mme Grant.

A la vue de la soudaine pâleur de sa maîtresse, elle s'inquiéta.

– Qu'y a-t-il? Que se passe-t-il?

Au prix d'un immense effort, Lalia se ressaisit très vite.

– Rien... Tout va bien, Granty. Je savais naturellement qu'il devait retourner à Londres, mais je ne pensais pas qu'il repartirait aujourd'hui même. Il... il doit sans doute régler une affaire extrêmement urgente.

Elle attendit que la servante se fût retirée pour ouvrir la lettre avec des doigts rendus malhabiles par l'appréhension.

« J'ai décidé d'aller découvrir la plantation jamaïcaine que m'a léguée Alvin. Je compte m'embarquer sur un bateau qui quitte Bristol dans deux jours. Durant mon absence, adressez-vous à Ransome en cas de besoin. Dès que j'aurai remis de l'ordre dans le domaine de Silverstone, je le vendrai. Ainsi, je pourrai vous rembourser l'argent que vous avez investi à Hildon. Jerome Brookford. »

Il était parti! Il l'avait abandonnée sans lui demander la moindre explication! Il était persuadé qu'elle aimait Malcolm Overton! Il la laissait seule! Pour combien de temps? Pour toujours peut-être! C'était terrible, monstrueux! Horrifiée, Lalia froissa le message avec désespoir.

Un crissement de roues sur le gravier attira son attention. Elle leva la tête et son cœur se serra. Simpson descendait l'allée dans la charrette utilisée pour transporter les bagages. Les yeux agrandis par la consternation et l'incrédulité, elle le regarda disparaître au tournant de l'allée.

Bourrelée de remords, elle se reprocha désespérément d'avoir menti à Jerome. Soudain, les paroles de la diseuse de bonne aventure lui revinrent en mémoire. « Vous mentirez et vous le regretterez dans les larmes. »

« Je ne veux pas qu'il me quitte! » gémit une voix au plus profond d'elle-même. « Jerome... ne partez pas! Je vous ai menti. Je... vous supplie de ne pas m'abandonner! »

Hélas, il ne pouvait pas entendre sa prière silencieuse. « Vous mentirez et vous le regretterez dans les larmes. » La vieille femme avait dit vrai. Les yeux de Lalia s'emplissaient déjà de pleurs et, en un éclair aveuglant, elle eut la révélation de ses sentiments. Elle aimait Jerome et rien d'autre ne comptait pour elle que de devenir vraiment sa femme.

Le mois de septembre se termina dans un déploiement grandiose de rouges et d'ors, puis les vents d'octobre arrachèrent aux arbres ce magnifique feuillage automnal. Par la fenêtre du salon, Lalia voyait les jardiniers balayer les allées et les chemins.

« Jerome est allé visiter sa plantation à la Jamaïque », écrivit-elle à sa tante. « Quant à moi, je me débrouille très bien. Ma belle-mère séjourne encore chez sa sœur à Londres. Elle ne l'avait pas vue depuis des années. »

La jeune femme affectait la sérénité dans ses lettres. Tout autre hélas était la réalité. Depuis le départ de son mari, elle vivait dans un malaise constant qui l'avait poussée à se couper du monde. Sur son ordre, James renvoyait tous les visiteurs, même la gentille Violet.

Pourtant, ce matin là, une personne réussit à tromper sa vigilance. Tandis que frileusement enveloppée dans un épais manteau, Lalia faisait quelques pas dehors, une silhouette s'approcha d'elle. L'identifiant, elle se raidit et se détourna à la hâte.

– Ne vous sauvez pas, il faut que je vous parle! s'écria Edwina.

– Je ne reçois pas en ce moment, fit-elle sèchement. James a dû vous le signifier.

– Bien sûr, mais je ne suis pas n'importe qui. Je connais Jerome depuis si longtemps... Pourquoi est-il parti à la Jamaïque? Il n'avait pourtant pas besoin de s'y rendre en personne. Je suis certaine qu'un régisseur s'occupe du domaine.

– Jerome fait ce qu'il veut, Lady Grenfell. Silverstone avait été très négligé par son cousin et il a jugé sa présence indispensable pour y remettre de l'ordre.

– Vraiment? Comme c'est étrange! fit Edwina avec une moue. La Jamaïque est une très belle île. Il m'en a souvent vanté les charmes.

Un sourire perfide éclaira son visage et Lalia se contracta immédiatement.

– Savez-vous qu'il m'a proposé d'aller là-bas? ajouta-t-elle. Je me demande pourquoi il ne vous a pas emmenée.

– Je n'avais aucune envie d'entreprendre un si long voyage, répliqua Lalia. De quoi vouliez-vous me parler?

– Je souhaitais simplement avoir des nouvelles de Jerome, déclara-t-elle avec une tranquille audace. Il me manque.

– C'est tout naturel, puisque vous êtes de si bons amis! ironisa Lalia.

– Revient-il bientôt? J'ai tellement besoin de lui. Je l'attends pour régler divers problèmes. Une femme seule...

Cette fois, Lalia l'interrompit avec violence :

– Une femme seule devrait se garder d'accaparer le mari d'une autre femme, Lady Grenfell! Pardonnez-moi ma franchise, mais je tiens à vous rappeler que Jerome est mon mari. Vos manières me déplaisent. Vous aimiez Jerome jadis. L'aimeriez-vous par hasard encore?

Déterminée, elle affronta sans ciller le regard vert qui virait à un bleu sombre orageux.

– Je vous trouve grossière et insolente! lança Edwina. Sachez que vous ne pourrez pas retenir Jerome! Croyez-vous que j'ignore pourquoi il vous a épousée? Votre argent...

– Partez, lui ordonna brusquement Lalia sans élever la voix, mais sur un ton qui lui imposa le silence. Vous venez d'être grossière et insolente à votre tour. Je ne veux plus jamais vous revoir au manoir de Hildon.

Après un instant de surprise, Edwina éclata d'un rire aigu.

– Mais vous êtes jalouse de moi, très jalouse!

Elle avait raison. Cette jalousie aurait dû depuis longtemps déjà révéler à Lalia son amour pour Jerome. Pourquoi avait-elle été si aveugle, ne découvrant ses sentiments qu'à l'occasion de baisers inspirés à son mari par la colère? A présent, il ne lui restait plus aucun espoir d'être aimée en retour.

Elle regagna sa demeure à pas lents, toucha à peine aux plats du déjeuner et se retira dans sa chambre. Un petit coup frappé à la porte annonça l'entrée de Mme Grant. La fidèle servante semblait soucieuse :

– Pourquoi n'iriez-vous pas faire un petit séjour à Londres, ma chère enfant? Vous êtes trop isolée ici. Et maintenant, Mme Brookford projette d'aller passer l'hiver en Italie avec sa sœur. Ne vous enfermez pas dans cette maison. M. Brookford ne devrait pas vous abandonner si longtemps.

– Son absence est nécessaire, Granty. La plantation vaut beaucoup d'argent.

Oui, songea-t-elle, elle donnerait à Jerome les moyens de la rembourser et leur mariage n'aurait plus aucune raison d'être. A cette pensée, elle détourna la tête pour cacher ses larmes à Mme Grant.

Le lendemain, sa décision était prise. Acceptant la suggestion de la domestique, elle se prépara à partir pour Londres afin de se changer les idées et de consulter M. Ransome au sujet de quelques problèmes relatifs au domaine.

A son arrivée dans la grande ville, elle ne ressentit pas l'exaltation de ses visites précédentes. Ni l'animation des rues ni la perspective de se distraire ne parvinrent à lui arracher un sourire. Elle se rendit directement chez M. Ransome. L'employé qui l'introduisit dans son bureau la regarda d'un air bizarre et elle éprouva une pénible sensation d'oppression. Mais l'homme de loi se levait déjà et s'avançait vers elle. Repoussant d'obscurs pressentiments, elle lança :

– Bonjour, monsieur Ransome. Je suis heureuse de vous voir car je souhaite régler...

L'expression grave de son interlocuteur l'amena à s'interrompre, et elle lui demanda :

– Qu'y a-t-il, monsieur Ransome?

– Chère madame Brookford, commencez donc par vous asseoir. J'ai bien peur de devoir vous apprendre de mauvaises nouvelles. Naturellement, il ne faut pas tout de suite envisager le pire mais...

Parcourue par un frisson glacé, Lalia s'écria :

– Venez-en aux faits, je vous en prie! Qu'essayez-vous de me dire? Qu'est-il arrivé?

L'homme hésita, l'observant avec embarras.

– Je viens de recevoir des informations inquiétantes, madame Brookford. La Jamaïque a été gravement éprouvée par un tremblement de terre et un ouragan.

Lalia resta un instant paralysée par l'horreur. Son esprit refusait d'enregistrer ces mots terribles.

– Un tremblement de terre!

– L'île en a connu de pires, expliqua M. Ransome, mais il y a eu de nombreux dégâts sur la côte comme à l'intérieur. Et on craint maintenant en outre une épidémie de choléra.

– Le domaine de mon mari était-il sur...?

La voix manqua à Lalia, mais son interlocuteur devina sa préoccupation.

– Oui, hélas, Silverstone se trouvait sur le passage de l'ouragan. Nous ignorons encore l'étendue des dommages. Nous avons toutes les raisons de croire que M. Brookford est sain et sauf. Comme les autres domaines de l'île, Silverstone possède sûrement un abri. M. Brookford ne tardera pas à nous donner de ses nouvelles.

Lalia se leva vivement et rajusta sa cape sur ses épaules.

– Monsieur Ransome, je vous prie de me trouver immédiatement une place sur un bateau en partance pour la Jamaïque.

– Voyons, vous n'y pensez pas! s'exclama l'homme de loi dont les traits exprimaient la plus intense stupéfaction. Vous ne pouvez pas vous rendre dans une île qui vient d'être ravagée par...

– Je suis décidée, monsieur Ransome. Si vous refusez d'organiser mon voyage, je m'adresserai à quelqu'un d'autre, affirma-t-elle avec une fermeté étonnante.

– Je suis à vos ordres, mais permettez-moi d'élever des objections. Votre projet me paraît inconsidéré et très périlleux. Je vous engage solennellement à réfléchir.

– C'est inutile, monsieur Ransome. Je pars, répliqua-t-elle, animée d'une détermination inébranlable.

20

– Vous ne songez pas sérieusement à aller sur cette île ravagée par les tremblements de terre, les ouragans et les épidémies! s'écria Mme Grant avec horreur.

Lalia soutint son regard sans fléchir.

– Si, je dois me rendre là-bas en dépit de tous les dangers. Mon mari est peut-être blessé ou malade. Il faut que je le rejoigne.

– Mais ce n'est pas un endroit pour une dame! s'exclama encore la servante. J'ai entendu des histoires épouvantables sur la Jamaïque. Il s'y perpètre des crimes odieux et toutes sortes de violences!

Lalia eut pitié de la vieille domestique dont les yeux s'emplissaient de larmes. Elle la serra affectueusement dans ses bras.

– Chère Granty, n'ayez pas peur pour moi. On exagère les événements qui se produisent sur ces terres lointaines, j'en suis sûre. Et lorsque j'arriverai, l'île aura repris son visage normal, affirma-t-elle d'une voix apaisante en se gardant bien de dire à Mme Grant que le gouverneur y avait décrété l'état d'urgence.

La servante joignit les mains.

– Que Dieu vous protège!

– Il veillera sur moi. Et maintenant, aidez-moi à faire mes bagages. J'embarque mardi prochain à Bristol.

Lalia affichait un optimisme qu'elle était loin d'éprouver. L'affreuse hypothèse de la mort de Jerome la hantait nuit et jour. Le nombre des victimes recensées ne cessait de croître. On parlait de villages ayant sombré dans la mer avec tous leurs habitants, de demeures entièrement détruites et de forêts abattues.

Dès qu'elle eut connaissance des nouvelles, Mme Overton accourut au manoir pour réconforter Lalia.

– Ma pauvre enfant, quelle épreuve pour vous! Mais nous n'allons pas tarder à apprendre que votre mari est sain et sauf. Soyez patiente, attendez...

– Non, je ne peux pas attendre les bras croisés. Je pars pour la Jamaïque après-demain.

Mme Overton partagea la consternation de M. Ransome et de Mme Grant devant ce projet. En vain s'efforça-t-elle de raisonner Lalia, de lui dépeindre les difficultés qu'elle rencontrerait à coup sûr là-bas. Finalement, elle poussa un soupir désolé.

– Je vois que rien ne vous fera changer d'avis. Vous êtes une épouse dévouée et courageuse. Tous mes vœux vous accompagnent.

Elle embrassa Lalia avec une vive émotion, comme si elle la quittait pour toujours.

Son mari insista pour accompagner la jeune femme jusqu'à Bristol. Il semblait extrêmement soucieux, mais ne chercha plus à entamer ses résolutions. Il l'installa sur le bateau et elle le remercia vivement.

– Je vous enverrai des nouvelles le plus tôt possible, monsieur Overton. Ne vous inquiétez pas. La situation n'est sans doute pas aussi dramatique que nous nous l'imaginons.

L'air sceptique, il hocha la tête. Après son départ, Lalia examina la petite cabine dans laquelle elle se trouvait. A cet instant seulement, elle se rendit compte dans quelle folle aventure elle s'était lancée. Si Jerome était indemne, comment allait-il l'accueillir? Il la croyait éprise d'un autre homme. De quelle façon pourrait-elle rétablir la vérité?

« Il faudra qu'il m'écoute », songea-t-elle en s'asseyant

sur son étroite couchette. « Je lui dirai que je l'aime, que je lui ai menti. Et s'il préfère Edwina... »

Mais en quittant le manoir de Hildon, il s'était aussi séparé d'Edwina. Cette idée procura une certaine sérénité à Lalia. Elle voyait poindre un minuscule espoir.

Le bateau prit la mer avec la marée descendante. Au dîner, Lalia fit la connaissance du capitaine et des autres passagers qui se montrèrent peu communicatifs. Ils tremblaient tous à la perspective de ce qu'ils allaient découvrir à la Jamaïque où ils se rendaient pour rejoindre leurs familles.

Épuisée par la tension des jours précédents, Lalia dormit d'un sommeil profond cette nuit-là. Le lendemain matin, elle bavarda un peu sur le pont avec Mme Jordan, une femme d'une cinquantaine d'années.

– Hélas, ma chère, nous ne savons pas ce qui nous attend là-bas, lui dit-elle. Pour commencer, espérons avoir une bonne traversée. J'ai déjà fait le voyage six fois. Vous choisissez bien mal votre moment pour visiter ce pays.

– Je vais retrouver mon mari qui est propriétaire du domaine de Silverstone, une plantation de canne à sucre de la côte est. Je suis sans nouvelles de lui.

– Comme vous devez être inquiète! Heureusement, les maisons des planteurs sont solides. Les cultures sont en revanche probablement très touchées et les indigènes ont profité des événements pour s'enfuir.

– Se sont-ils révoltés récemment? Depuis l'abolition de l'esclavage, la situation s'est améliorée, je suppose.

– Détrompez-vous! fit Mme Jordan en pinçant les lèvres d'un air mécontent. Ils se laissent aisément mener par une poignée d'agitateurs qui veulent chasser les blancs de l'île. Dans son exploitation, mon mari a souvent eu des ennuis. Il faut avoir vécu là-bas pour se rendre compte des problèmes.

Les deux femmes se séparèrent en excellents termes puis, dans le courant de l'après-midi, la mer devint mauvaise. Lalia dut rester dans sa cabine tandis que la tempête se déchaînait et que le bateau tanguait violemment.

Quelque temps plus tard le capitaine Morris lui demanda comment elle comptait se rendre dans le domaine de Silverstone à partir du port où ils débarquaient. Elle lui avoua ne pas en avoir la moindre idée.

Le capitaine parut inquiet.

– C'est ennuyeux. Savez-vous que Silverstone se trouve assez loin de l'endroit où nous accostons? Je crains qu'il n'y ait plus de routes, ni de moyens de transport convenant à une dame.

– Ne pourrai-je louer un cheval, ou un mulet, ainsi qu'un guide?

Le capitaine esquissa une moue dubitative.

– Il doit être très difficile de traverser les régions dévastées. Par ailleurs, les indigènes refuseront de vous accompagner. Ils croient que de mauvais esprits hantent les endroits touchés par l'ouragan.

– Je trouverai tout de même un guide, affirma courageusement Lalia.

– Oui, un blanc très pauvre, éventuellement.

Elle remercia le capitaine de sa suggestion et regagna sa cabine. Les journées lui parurent interminables et, durant ces heures d'oisiveté forcée, elle ne cessa de réfléchir et de se tourmenter. Jerome n'éprouvait-il pas un peu de tendresse pour elle lorsqu'il l'avait épousée? Ils s'étaient bien entendus au début de leur vie commune, Jerome se montrant très attentionné à l'égard de Lalia, assez généreux pour héberger Rosa et son enfant, et Lalia manifestait de l'intérêt pour ses affaires et pour la gestion du domaine.

La bonté de Jerome ne l'avait cédé à la colère qu'en deux occasions bien précises : lorsqu'il l'avait surprise avec Claude Voizard et, plus récemment, avec Malcolm. Mais s'il avait été jaloux, il aurait provoqué l'imprudent jeune homme en duel ou déchaîné sa fureur sur Lalia. Il s'était hélas contenté de partir, la laissant regretter son mensonge et pleurer.

Le calme revint sur la mer et les passagers accueillirent avec des exclamations l'apparition d'une tache sombre à l'horizon.

– Nous serons bientôt fixés sur le sort de nos familles, déclara Mme Jordan. Le port de St-Anna a été épargné et je suis attendue par des amis qui me logeront jusqu'à ce que je puisse contacter mon mari à l'intérieur des terres. Voulez-vous venir avec moi, madame Brookford? Ils seront ravis de vous offrir l'hospitalité.

Lalia remercia son interlocutrice, mais refusa sa proposition, expliquant qu'elle comptait trouver un cheval et quelqu'un qui l'amènerait à Silverstone au plus vite.

– Mes amis pourront vous procurer une monture, affirma aimablement Mme Jordan. Pour le guide, je n'ose pas m'avancer autant.

Un soleil aveuglant et une chaleur étouffante pesaient sur St-Anna lorsque le bateau accosta. Lalia accepta finalement de passer la première nuit chez les amis de Mme Jordan qui lui promirent un cheval.

Mme Jordan entraîna un moment Lalia à l'écart au cours de la soirée. Elle semblait navrée.

– Je viens d'apprendre de mauvaises nouvelles, ma pauvre amie. Le domaine de Silverstone est à moitié inondé par un fleuve qui est sorti de son lit et ni votre mari ni son régisseur n'ont donné signe de vie. Je me demande si vous pourrez atteindre la région. Peut-être devrez-vous y renoncer.

– Je ne quitterai pas cette île avant d'être allée à Silverstone, dussé-je m'y rendre à pied! lança Lalia avec force.

D'une façon tout à fait imprévue, son interlocutrice l'embrassa et lui sourit :

– Vous êtes intrépide, bravo! J'en aurais fait autant à votre âge. Que Dieu veille sur vous et sur votre mari!

Le lendemain, à force d'obstination, les amis de Mme Jordan découvrirent un métis disposé à mener Lalia jusqu'à Silverstone, ou du moins ce qui en restait, en échange d'une coquette somme d'argent. Il se présenta sur un âne très maigre et, après avoir pris congé de ses hôtes, Lalia le suivit. Elle portait la plus légère de ses robes et un chapeau de paille à larges bords.

A quelques kilomètres à peine de la ville, elle découvrit avec stupeur les premiers ravages causés par l'ouragan. La vue des arbres couchés, des cours d'eau boueux qui coulaient à la place des anciennes voies de circulation et des cabanes détruites la consternèrent. Elle aperçut le cadavre d'un mulet et détourna les yeux à la hâte.

– Où sont donc les gens? demanda-t-elle à son guide en essuyant son visage ruisselant de sueur.

– Ils se cachent dans les collines, répondit-il.

Très lentement, ils avancèrent sur cette terre désolée. La chaleur augmenta, ainsi que l'intensité de la lumière. Lalia souffrait d'une violente migraine et des myriades d'insectes l'attaquaient sans répit. Son cheval trébuchait souvent et une fois même, il tomba, lui causant une terrible frayeur. Par chance, ils ne furent blessés ni l'un ni l'autre.

Lorsqu'ils s'arrêtèrent pour manger les vivres que lui avaient donnés ses hôtes, Lalia interrogea de nouveau son compagnon si taciturne :

– Sommes-nous encore loin?

Le métis but longuement à la gourde et s'essuya la bouche du revers de la main avant de déclarer :

– Il doit rester cinq ou six kilomètres. Cela représente beaucoup quand il n'y a plus de routes.

La périlleuse équipée recommença au prix de difficultés de plus en plus grandes. Lalia crut souvent s'évanouir tant la température était devenue insupportable. Sa monture se mit à donner des signes de fatigue, puis celle du guide s'immobilisa soudain pour ne repartir qu'après maints coups de bâton doublés de jurons furieux.

Soudain, le métis désigna l'espace devant lui.

– La plantation a brûlé.

Lalia contempla avec tristesse les champs de canne à

sucre calcinés et un souvenir s'insinua dans son esprit trop las pour réfléchir : « Je vois un soleil brûlant... aucun arbre... » avait affirmé la diseuse de bonne aventure. Qu'avait-elle ajouté? Assommée par la chaleur, le corps endolori et fourbu, elle avait tout juste l'énergie de suivre aveuglément son guide.

Il poussa tout à coup un cri qui la tira de sa torpeur. Elle se redressa et découvrit devant elle quelques murs en pierre à demi écroulés, seuls vestiges d'une belle maison de planteur.

– Il n'y a plus rien, marmonna le guide. Tout le monde est parti. Rentrons, madame! Il ne faut pas rester ici!

– Non, attendez, répliqua-t-elle en se laissant glisser sur le sol.

Ses jambes raides après des heures de dure chevauchée se dérobèrent sous elle et elle dut s'accrocher à sa selle pour ne pas tomber. Cherchant son souffle, elle s'enquit :

– Est-cc Silverstone?

L'homme acquiesça en jetant de tous côtés des coups d'œil anxieux.

– Il doit y avoir quelqu'un, gémit-elle, je...

Un hurlement terrible l'interrompit, résonnant d'une manière sinistre dans cette région dévastée.

– Là... tout blanc! Un mauvais esprit! cria le guide en gesticulant et en roulant des yeux épouvantés.

Il ne lui fallut que quelques secondes pour opérer un demi-tour sur son âne et disparaître aussi rapidement qu'il le pouvait par la voie qu'ils venaient d'emprunter. Lalia l'appela mais, sans se soucier d'elle, il continua à fuir comme s'il avait le diable à ses trousses.

Se retournant, la jeune femme vit une créature vêtue d'une robe blanche très sale. Un fichu de la même couleur cachait ses cheveux. Elle sortit des ruines de la demeure et s'approcha d'elle. Lalia s'expliqua enfin le comportement étrange de son guide. Il avait pris cette silhouette claire pour l'apparition d'un mauvais esprit

– Qui êtes-vous?

Lorsque la femme fut près d'elle, Lalia se rendit compte qu'il s'agissait d'une Noire courbée par l'âge et les rhumatismes.

– Est-ce Dieu qui vous envoie à notre aide? dit-elle encore. Qu'il soit loué! Avez-vous de la nourriture?

– Oui, répliqua aussitôt Lalia. Où est le..: le propriétaire, M. Brookford?

– Mon maître? Il a la fièvre, madame. Il est très malade.

– Où est-il? répéta Lalia. Je suis Mme Brookford, son épouse. Menez-moi auprès de lui.

– Il est couché là-bas, dans la petite réserve en pierre qui a résisté à l'ouragan.

Elle indiqua de la main une construction à peine visible derrière les décombres.

– Venez vite, madame, je crois qu'il va mourir.

21

Jerome était étendu sur une couche de fortune composée de couvertures déchirées, de lambeaux de rideaux et de vêtements. Lorsque les yeux de Lalia s'accoutumèrent à la pénombre, elle discerna son visage très rouge, très émacié, et ses yeux écarquillés qui la fixaient sans la voir. Elle ôta précipitamment son chapeau, le jeta dans un coin, et s'agenouilla auprès de lui, en proie à une angoisse indicible.

Il remua ses lèvres parcheminées et murmura faiblement :

– A boire... A boire...

– Vite, de l'eau! commanda Lalia.

La vieille femme apporta une calebasse et elle lui demanda :

– A-t-elle été bouillie?

– Oui, madame, elle est bonne.

– Amenez-m'en davantage pour lui faire sa toilette, ordonna-t-elle encore en soulevant Jerome par les épaules pour l'aider à prendre un peu de liquide.

Épuisé par cet effort, il retomba ensuite en arrière, les paupières closes.

Avec l'aide de la Noire, Lalia le lava, arrangea son lit et lui administra les médicaments qu'elle avait apportés. Elle travailla sans relâche, insensible à sa fatigue, à la sueur qui plaquait sa robe contre son corps, et à l'air étouffant de la petite pièce. Toute son attention était concentrée sur l'homme qu'elle aimait. Elle ne quitta pas son chevet, répétant ses soins inlassablement et à intervalles réguliers.

Elle ne remarqua même pas la soudaine tombée de la nuit, mais la chute de température qui l'accompagnait la soulagea. Il lui sembla que Jerome respirait plus facilement et s'agitait moins.

– A-t-il mangé aujourd'hui? demanda-t-elle à la servante.

– Non, madame, dans son état, ce n'est pas conseillé. D'ailleurs, il n'y a plus rien, l'ouragan a tout emporté.

– Que s'est-il passé exactement? s'enquit Lalia en se levant avec une grimace de douleur.

– Mon maître a été renversé par le vent. Je ne l'ai trouvé qu'au bout de deux jours, sans connaissance, et puis la fièvre a commencé.

– Et M. Elton, le régisseur? Et les autres?

– Oh, ils se sont tous enfuis! Les Noirs ont peur des mauvais esprits qui viennent avec la tempête.

– Vous aussi?

– Oui, j'ai très peur, mais je ne pouvais pas abandonner mon maître, déclara la vieille femme dont le visage exprimait un mélange de détermination et d'affolement. M. Brookford a été très bon pour la pauvre Juba, sa cuisinière.

– Je vous remercie d'être restée auprès de lui, Juba. Nous allons nous restaurer à présent. Il y a encore un paquet sur mon cheval, ce sont des vivres.

Lalia manquait d'appétit, mais elle se força à avaler un peu de nourriture. Grâce au repas et à la relative fraîcheur de l'air nocturne, elle retrouva des forces. Elle s'installa de nouveau à côté de Jerome, chassant les moustiques qui s'acharnaient autour de lui.

Parfois, il secouait la tête en tous sens et proférait des paroles sans suite. A d'autres moments, il ne bougeait plus du tout et, alarmée, Lalia guettait des signes de vie.

Elle ne voyait pas le temps passer. Le monde se résumait pour elle à cet homme qui luttait contre la maladie. Il ne devait pas mourir. Elle ne le voulait pas. Elle ne le permettrait pas! Qu'il n'éprouvât rien pour elle, et même qu'il aimât Edwina, n'avait aucune importance. Une seule chose comptait : Jerome, son cher Jerome, devait vivre!

Au bout d'un moment, Juba se glissa auprès d'elle et déclara :

– Je vais veiller sur lui maintenant. Allez vous aérer un peu.

Lalia hésita, puis accepta. Hors de la réserve exiguë, elle inspira à pleins poumons l'oxygène de la nuit. La lune jetait sur le paysage désolé les grosses mailles d'un filet argenté.

Une exclamation fit sursauter Lalia et elle rejoignit précipitamment Juba. La vieille femme était penchée sur Jerome et elle se signait avec ferveur.

– Dieu soit loué! La fièvre tombe.

A la lumière de la bougie allumée par la servante, Lalia vit le visage inondé de sueur de son mari. Oui, la fièvre avait enfin cédé. Éperdue d'émotion, elle fondit en larmes. Juba prit affectueusement ses mains entre les siennes.

– Il ne faut pas pleurer, madame, le maître est guéri. Reposez-vous. Juba va s'occuper de lui.

– Peut-être s'agit-il seulement d'une chute passagère de température, suggéra Lalia, n'osant croire à son bonheur.

Elle toucha le front de Jerome et le trouva beaucoup moins chaud. Sa respiration, devenue plus ample et régulière, acheva de la rassurer. Il dormait à présent d'un sommeil paisible.

– Qu'il reste bien couvert, ordonna-t-elle. Et lorsqu'il demandera à boire, vous mélangerez cette poudre avec de l'eau. Si vous constatez le moindre changement ou s'il se réveille, surtout appelez-moi.

Une partie de la réserve était jonchée de feuilles que l'ouragan y avait précipitées. Lalia s'allongea sur ce matelas improvisé et sombra instantanément dans l'inconscience.

Un rayon de soleil passant par la fenêtre aux vitres brisées la ramena à elle et elle se redressa d'un bond. Des feuilles s'accrochaient à ses cheveux épars.

– Comment va-t-il, Juba? s'écria-t-elle.

– La fièvre est tombée, madame, répondit la servante dont le visage ridé était illuminé par un sourire. Il dort comme un enfant.

Lalia resta un long moment à contempler l'homme immobile qui paraissait maintenant détendu. Une vague de joie la submergea et des larmes perlèrent de nouveau au bord de ses cils.

– Il faudrait qu'il s'alimente, Juba. Y a-t-il des fruits?

– L'ouragan ne laisse rien, grommela la servante. Il emporte tout ce qui se trouve sur son passage.

Lalia se pencha et posa la main sur le front de son mari. Tout à coup, il battit des paupières, puis ouvrit les yeux et rencontra son regard.

– Lalia...

Il parlait d'une voix à peine audible.

– Vous... êtes là... Comment...

– Ne dites rien, reposez-vous, s'empressa-t-elle de déclarer. Vous avez été très malade, mais vous allez mieux. Je vais vous donner un médicament.

– Lalia... répéta-t-il, mais elle secoua la tête et se hâta de préparer le remède.

Il le but docilement sans cesser de la fixer.

– Je ne comprends pas... murmura-t-il. Que faites-vous ici?

– Je vous raconterai tout plus tard, promit-elle. Essayez de manger ce biscuit.

Il lui obéit et s'endormit de nouveau. Pendant ce temps, Lalia prit un léger repas dehors avec Juba, assise sur le tronc d'un arbre déraciné.

– Je veux bien admettre que les employés se soient

enfuis, déclara-t-elle, se souvenant de sa conversation de la veille avec la servante, mais vous ne m'avez pas dit ce qu'est devenu M. Elton.

Cette question produisit un effet inattendu sur la vieille femme. Elle se leva subitement en balbutiant indistinctement qu'elle allait laver leur modeste vaisselle dans le ruisseau. Lalia la rattrapa par sa jupe.

– Qu'est-il arrivé à M. Elton? insista-t-elle.

– Je ne sais pas, fit Juba en détournant la tête.

– Vous me cachez quelque chose!

– Je ne sais rien!

Inquiète et intriguée, Lalia se mit debout et essaya d'intimider la servante.

– Je suis votre maîtresse, Juba. Répondez-moi, je l'exige!

– Je l'ignore... je n'ai rien vu! gémit la vieille femme. Si je parle, Grand Couteau me tuera. Je ne sais rien! Je n'ai rien vu, répétait-elle comme une incantation.

– Qui est Grand Couteau? Asseyez-vous, Juba, commanda Lalia en se radoucissant pour ne pas affoler davantage la pauvre cuisinière. Vous n'avez rien à craindre, je suis là.

Durant une demi-heure, elle mêla les injonctions, les paroles de réconfort et les menaces pour obtenir enfin les confidences de Juba. Elle apprit que Grand Couteau était le surnom d'un Noir employé du temps d'Alvin dans la plantation. Il se servait d'une serpe de proportions peu courantes pour couper la canne à sucre.

– Il a toujours été mauvais, avoua Juba en tremblant. Il se battait, volait et commettait toutes sortes de crimes. M. Prior l'avait renvoyé mais, à l'arrivée de M. Brookford, il est revenu, se faisant passer pour un nouveau venu. Personne n'a osé le dénoncer, sauf Tom Elton. Alors M. Brookford l'a chassé et il est parti en jurant de se venger. Quand l'ouragan a commencé, j'ai vu Grand Couteau rôder dans la plantation. J'ai averti M. Brookford et M. Elton, mais M. Elton ne m'a pas crue. Il est sorti et...

et Grand Couteau avait sa serpe avec lui et... et...

Lalia frissonna malgré la chaleur.

– Voulez-vous dire qu'il l'a assassiné?

– Oui, madame. Ensuite, il a jeté le corps dans la rivière et il est parti en riant.

Pendant de longues minutes, Lalia partagea l'horreur de la servante, puis elle se ressaisit.

– Vous avez bien fait de vous confier à moi, Juba. Il ne vous arrivera rien, je vous le promets. Grand Couteau a probablement péri durant la tempête.

Jerome était encore très faible. Au cours de la journée, il dormit beaucoup. Lorsqu'il s'éveillait, il se contentait de sourire à Lalia et de prendre les remèdes et la nourriture qu'elle lui présentait.

Elle profita de son sommeil pour aller inspecter avec Juba les ruines de la maison où Alvin avait vécu avec Rosa. Il n'en restait plus que quelques murs, les fondations en pierre et les caves où les deux femmes découvrirent du vin, de la farine, du sucre et des légumes séchés. Des débris de toutes sortes témoignaient de la violence de l'ouragan. Mais Lalia ne s'attarda pas à les examiner. Seul lui importait le rétablissement de Jerome.

Juba avait aménagé un four en terre dans lequel elle faisait bouillir l'eau et cuire les aliments. Elle s'occupa aussi du cheval de Lalia.

Le troisième jour, Jerome fut capable de s'asseoir et il repoussa la soupe que lui tendait sa femme.

– Dites-moi comment vous êtes arrivée jusqu'ici. Je n'ose pas en croire mes yeux. Je pensais avoir des visions à cause de la fièvre.

Sans oser le regarder, Lalia lui expliqua :

– J'ai appris par M. Ransome les catastrophes qui se sont abattues sur l'île, je suis partie par le premier bateau. Un guide m'a amenée jusqu'ici où je vous ai trouvé malade et isolé avec Juba.

– Pourquoi êtes-vous venue? Pourquoi? Pourquoi, Lalia? s'enquit-il en la dévisageant intensément.

Elle hésita, cherchant ses mots, s'obligeant à affronter son regard.

– Il fallait que je vienne. Il le fallait.

Dans le silence qui suivit, Jerome posa sa main sur son bras.

– Pourquoi, Lalia? répéta-t-il. Par devoir, parce qu'une femme doit secourir son mari?

– Non... murmura-t-elle.

Et, comme il n'y avait plus de place pour le mensonge entre eux, elle avoua :

– Non, Jerome. J'ai découvert que... que je vous aime.

La pression de ses doigts sur son bras s'accentua aussitôt.

– Est-ce vrai? Dites-vous la vérité?

Elle inclina la tête.

– Je vous ai menti, mais je ne le ferai jamais plus. Je ne ressens rien pour Malcolm. Je désirais simplement vous faire souffrir, vous rendre furieux... à cause d'Edwina.

– Edwina? Qu'a-t-elle à voir dans cette affaire?

– Je vous croyais encore épris d'elle.

Jerome ouvrit de grands yeux et attira Lalia plus près de lui.

– Oh ma pauvre chérie qui a trop d'imagination! Comment aurais-je pu être épris d'elle alors que j'étais fou de ma femme, une femme qui ne songeait hélas qu'à rester mon amie!

Sa voix et son expression trahissaient une émotion profonde qui bouleversa Lalia.

– M'aimiez-vous quand vous m'avez demandée en mariage? s'enquit-elle, frémissante d'un nouveau bonheur.

– Non, du moins je ne m'en rendais pas compte. J'avais décidé de ne plus jamais aimer. Pourtant, depuis mon enfance, il m'arrivait de rêver de vous. J'ai cru décider froidement de vous épouser et puis...

Il s'interrompit et porta la main de Lalia à ses lèvres pour y déposer un baiser.

– Et puis, je suis devenu amoureux, follement amoureux. C'était l'enfer, Lalia. Je n'avais pas d'autre solution que de vous fuir sous tous les prétextes car mes sentiments n'étaient pas prévus dans notre arrangement. Lorsque vous vous êtes montrée coquette avec Voizard... Mais n'en parlons plus, ce n'était pas sérieux. Malcolm, en revanche, s'était réellement attaché à vous et, quand vous avez prétendu l'aimer, je n'ai pas pu le supporter. Je suis parti.

– Et moi, j'étais tellement jalouse d'Edwina!

– Voyons, elle ne m'inspirait que de la pitié! Son union avec Sir Conrad a été très malheureuse.

– Il me semble qu'elle tient encore à vous, et elle me déteste.

– Parce que vous pouvez connaître une vie de joie et de plénitude qu'elle n'a jamais eue.

– Je comprends mieux à présent, soupira Lalia et je partage maintenant votre compassion pour elle. Comme j'ai été aveugle! Jerome, acceptez-vous de retourner en Angleterre... avec moi?

– Essayez donc de m'en empêcher! fit-il en riant avant de l'embrasser avec une passion qui était plus éloquente qu'un long discours.

Jerome comptait être assez remis d'ici deux ou trois jours pour regagner St-Anna. Lalia en doutait mais elle était impatiente de quitter la plantation dévastée, hantée par le souvenir d'Alvin et de Rosa, et par l'horrible meurtre du régisseur qui lui donnait des visions de cauchemar. Quand son mari s'enquit du sort de M. Elton, elle prétendit ne rien savoir, préférant pour l'instant lui épargner un choc qui pourrait lui être très néfaste.

Il récupéra des forces avec une rapidité surprenante. Un après-midi, pendant qu'il faisait la sieste, Lalia préparait du porridge devant la réserve. Son instinct l'avertit soudain d'un danger imminent et elle se retourna d'un bloc. Un cri d'épouvante mourut sur ses lèvres.

Il se tenait là devant elle, très large d'épaules, avec une

tête énorme, légèrement rejetée en arrière. Il agitait d'un air menaçant la main droite et la terrible lame brillait au soleil.

« ... prenez garde au couteau... au grand couteau... » souffla la voix de la diseuse de bonne aventure à Lalia.

Paralysée par l'effroi, elle parvint tout de même à articuler :

– Qui... qui êtes-vous? Que voulez-vous?

L'homme passa la tête dans l'ouverture de la réserve et observa Jerome endormi. Un mauvais sourire révéla ses dents blanches, contrastant avec la peau sombre de son visage.

– Il sait qui je suis! Il m'a chassé de la plantation et il va le regretter. Grand Couteau se venge toujours. Qui êtes-vous? Sa femme?

– Oui... Partez! Partez immédiatement! fit-elle sans élever la voix pour ne pas réveiller Jerome.

– Otez-vous de mon chemin, je vais me venger! grommela-t-il.

Comme il s'avançait, Lalia eut un geste désespéré. Mue par une impulsion subite, elle s'empara de la marmite de porridge bouillant et la lui jeta de toutes ses forces au visage.

L'homme lâcha aussitôt son arme et se prit la tête à deux mains en poussant des hurlements horribles. Il ne fallut qu'une seconde à Lalia pour ramasser la serpe et frapper, frapper aveuglément. Un brouillard dansait devant ses yeux. Comme s'il était ivre, l'homme repartit d'un pas incertain vers les collines en vociférant toujours. A la manière d'un automate, Lalia laissa alors tomber l'instrument ensanglanté et le contempla d'un air hébété avant de s'évanouir.

22

– Lalia!

La voix de Jerome semblait venir de très loin. Elle ouvrit enfin les yeux et le vit penché sur elle.

– Lalia, ma chérie, êtes-vous blessée?

– Elle n'a rien, monsieur Brookford fit une femme que Lalia avait l'impression de connaître.

L'horrible scène lui revint soudain à l'esprit et elle s'accrocha au bras de Jerome en s'écriant :

– Il voulait vous tuer... comme il a tué M. Elton! Juba m'a tout raconté. Il voulait vous tuer, Jerome!

– Il s'agit de Grand Couteau, n'est-ce pas?

Lalia tourna la tête et découvrit un homme de forte stature qui se tenait aux côtés de Mme Jordan.

– Oui, répondit-elle en se blottissant contre son mari. Où est-il? J'ai peur qu'il revienne! Il veut se venger de Jerome!

– Ne craignez rien, madame Brookford, affirma l'homme. On l'a attrapé pendant qu'il lavait ses blessures dans la rivière. Il est recherché pour plusieurs meurtres. On l'a trouvé à moitié aveugle.

– Je lui ai jeté le porridge bouillant au visage... puis j'ai pris son couteau et...

Incapable de poursuivre, Lalia se cacha contre l'épaule de Jerome pour sangloter.

– Vous m'avez sauvé la vie, murmura-t-il en lui caressant doucement les cheveux. Sans ma courageuse épouse, j'étais perdu.

Deux hommes rejoignirent le groupe et l'un d'eux déclara :

– Il ne reste plus grand-chose de votre maison, monsieur Brookford. Ne comptez pas non plus sur votre récolte. Quelques travailleurs sont revenus et je me charge de les orienter sur les tâches les plus urgentes. Quant à vous, vous ne pouvez rien faire ici pour le moment. Je ne saurais trop vous conseiller de regagner St-Anna avec votre femme. Vous avez vous-même besoin de repos. Je resterai jusqu'à ce que vous envoyiez quelqu'un.

– Je vous en remercie, répliqua Jerome en aidant Lalia à se lever. Nous partirons dès que mon épouse se sentira assez bien.

– Oh, je suis prête! s'exclama-t-elle. Comme je suis heureuse que vous soyez là pour nous aider!

– Si vous saviez combien je me suis inquiétée pour vous! intervint Mme Jordan. J'ai tenu à venir avec les secours. Je ne suis pas une bonne cavalière. Heureusement, les routes ont été assez dégagées pour faire passer une charrette. C'est une bonne chose. Ainsi, votre mari ne sera pas obligé de monter à cheval.

– Nous ne pouvons pas abandonner Juba! lança Lalia en regardant Jerome d'un air implorant.

– Je veillerai sur elle, promit l'un des hommes. Nous avons apporté des vivres et les employés auront vite construit un petit abri. Elle sera bien, madame Brookford, partez tranquille.

– Elle a droit à toute ma reconnaissance, je ne l'abandonnerai jamais, ajouta Jerome. Dès mon arrivée à St-Anna, je dépêcherai quelqu'un pour vous remplacer. En ce qui me concerne, je n'ai pas encore de plan très défini pour le futur.

Donnant le bras à son mari Lalia arborait une mine songeuse. Accepterait-il *son* plan? Elle souhaitait rentrer en Angleterre au plus vite, retourner au manoir de Hildon et vendre Silverstone avec tous les souvenirs sinistres qui y étaient attachés. Avec le temps, l'île allait retrouver sa végétation luxuriante, ses riches exploitations et la vie reprendrait son cours, mais Lalia désirait la quitter pour ne plus jamais revenir.

Elle leva la tête et croisa le regard de Jerome. Comme s'il lisait dans ses pensées, il annonça :

– Nous allons rentrer chez nous.

« Je n'ai aucun secret pour lui », pensa-t-elle avec ravissement. « Et il n'en a plus pour moi, enfin, parce que nous nous aimons. »

Le trajet fut assez long, mais très supportable. Les amis de Mme Jordan accueillirent à bras ouverts Jerome et Lalia, et un planteur qui possédait une exploitation voisine de celle de Silverstone s'engagea à superviser les travaux de sa remise en état. Il se montra même désireux d'acquérir le domaine et Lalia appuya vigoureusement sa proposition.

– Ce serait merveilleux, Jerome! Vous n'auriez plus besoin de revenir ici.

– Je pourrais passer le restant de ma vie auprès de vous. En épouse modèle, vous me seriez entièrement dévouée, vous m'obéiriez...

– Certainement pas! s'écria-t-elle en riant à moitié, comme lui. Nous avons fait un arrangement. Je suis libre de...

Il la prit dans ses bras et lui sourit.

– Permettez-moi d'en modifier légèrement les termes. Nous sommes tous les deux libres... de nous aimer, Lalia.

Elle voulut répondre, mais il étouffa ses paroles d'un baiser, très doux d'abord, puis de plus en plus passionné, qui lui ôta la force de réfléchir, ne lui laissant qu'une certitude. Elle était comblée à présent, grâce à Jerome, il ne lui manquait plus rien.

Le bateau tanguait un peu, plongeant au creux des

vagues et se redressant comme pour envoyer des signes d'adieu à l'île qui formait une tache verte et or au milieu des flots. Sur le pont, Lalia regardait s'éloigner la terre qui avait failli lui enlever son mari. Glissant son bras sous le sien, elle lui demanda :

– Avez-vous appris de nouveaux détails sur la vie d'Alvin et de Rosa?

Il secoua la tête. A voir sa bonne mine et sa stature puissante, on avait du mal à imaginer qu'il venait de frôler la mort.

– Le pauvre Alvin s'est ruiné la santé à force de boire. Son organisme n'a pas résisté aux accès de fièvre dont il souffrait. Quant à Rosa, personne ne m'a parlé d'elle. Leur histoire est bien triste, mieux vaut l'oublier, ma chérie.

Lalia acquiesça. Elle eut tout de même une pensée émue pour l'homme qui avait été son fiancé, et pour la femme qui avait tout quitté, et tout perdu, à cause de lui.

Puis elle sentit le bras de Jerome autour de ses épaules, et les souvenirs sombres cédèrent la place à la joie la plus pure.

– Nous rentrons chez nous, murmura-t-elle, consciente de ne plus rien désirer d'autre, et Jerome répondit sur le même ton :

– Oui, nous rentrons, ensemble, pour toujours, ma bien-aimée.

LE MOIS PROCHAIN DANS SÉRIE ROYALE

N° 83 - *Sur la route de l'Ouest*,
Margaret Pemberton

Pour le petit groupe de mormons qui se dirige vers l'Ouest des Etats-Unis, la rencontre avec l'énigmatique major Richards est providentielle. Mais pour Polly Kirkham, elle est infiniment troublante.
Tout au long de leur folle équipée à travers les plaines enneigées, les malentendus s'accumulent entre les deux jeunes gens.
La capture de la jeune fille par des Indiens Pawnees va-t-elle rapprocher ces deux êtres solitaires et orgueilleux ?

N° 84 - *Au-dessus de tout soupçon*,
Julia Murray

Atterrée, Miss Alicia Kenyon apprend à la lecture du testament que son frère défunt a tout simplement vendu leur château d'Herringham en règlement d'une dette de jeu au colonel Harbury. Discrètement, Alicia observe celui qui est venu les dépouiller de leur bien. Qui est-il cet étranger mystérieux ? Doit-elle le croire quand il prétend être un agent secret ?

GRAND CONCOURS

avec

LE TEMPS D'UNE VALSE

gagnez

5 voyages à Venise
avec la personne de votre choix

2000 disques 45 t.
THE ROSE OF ROMANCE ORCHESTRA

Comment participer :

1. DÉCOUPEZ dans 3 séries différentes paraissant entre Avril et Août 1983 une preuve d'achat comme celle que vous trouverez en dernière page de ce livre, puis collez-les au dos de ce bulletin (collectionnez 3 lettres différentes).

2. RÉPONDEZ aux deux questions suivantes :

–Question n° 1 : Ces 4 phrases caractérisent 4 des séries Harlequin : Cochez la ou les phrases fausses.

☐ Collection Harlequin : Une série qui propose 10 titres tous les mois.
☐ Série Blanche : Des histoires d'amour toujours dans le monde du journalisme.
☐ Série d'Or : Des romans deux fois plus longs que Collection Harlequin.
☐ Série Chance : Il y a toujours l'espoir d'un nouvel amour.

–Question n° 2 : Rédigez en 15 mots et 100 lettres maximum une phrase originale, qui caractérise le monde Harlequin, et qui évoque simultanément le rêve, l'amour, et l'évasion.

Totalisez le maximum de points en utilisant les lettres du mot Harlequin : • La lettre H vaut 5 points, • Les lettres A.R.L.E.Q.U.I.N. valent 1 point chacune, • Les autres lettres de l'alphabet valent 0 point.

3. RENVOYEZ ce bulletin-réponse, votre phrase écrite en lettres majuscules, le nombre de points totalisés, ainsi que votre adresse sur papier libre avant le 31 Août 1983 à :

CONCOURS HARLEQUIN - LE TEMPS D'UNE VALSE
CEDEX 1502 75815 PARIS BRUNE
(N'oubliez pas vos 3 preuves d'achat).

EXTRAITS DU RÈGLEMENT

• Le concours se déroule du 1er Avril 1983 au 31 Août 1983. • Il est ouvert aux personnes résidant en France Métropolitaine, en Suisse et en Belgique. • La sélection se fera d'abord parmi les bulletins dont la réponse à la question 1 est exacte. • Un jury Harlequin se réunira pour faire une pré-sélection parmi les phrases proposées en question 2 et ne retiendra que celles correspondant aux critères indiqués. Seront éliminées les phrases dénuées de sens et grammaticalement incorrectes. La sélection finale des gagnants se fera ensuite en fonction du score obtenu par la valorisation des lettres utilisées dans la prhase. • Les ex-aequo seront départagés en fonction de l'originalité de leur phrase. • Un même participant peut envoyer autant de bulletins qu'il le désire mais il ne sera attribué qu'un seul prix par foyer. • La participation au concours implique l'acceptation entière et sans réserve du règlement complet déposé chez Maître PACALON Huissier à Paris et qui peut être obtenu sur simple demande.

Imprimerie Bussière à Saint-Amand, Cher. (IV-1983)
— N° d'édit. : SR 81. — N° d'imp. : 585. —
Dépôt légal : mai 1983.
Imprimé en France